俳句日記2015

昨日の花
今日の花

片山由美子

Kinounohana
kyounohana
Katayama Yumiko

ふらんす堂

一月

一月二日（木）

寝室には遮光カーテンを取りつけてある。窓から朝日がたっぷり差し込んでくる頃まで眠っているのが常なので。

【季語＝初明り】

カーテンのひとすぢ洩らす初明り

一月二日（金）

旧暦カレンダーを仕事部屋に掛けている。今年は去年より少し小さいが、月の満ち欠けのイラストが楽しい。

【季語＝初暦】

やや小振りなるに替へたる初暦

一月三日（土）

【季語＝松飾】

マンションながら玄関前にポーチがあるので、鉄扉に松を飾っていたが、いつの間にか省略することに……。

守るべき家風もあらず松飾

一月四日（日）　【季語＝蜜柑】

箱詰めの蜜柑を食べることにも飽きると、汁で字を書いた紙を火鉢にかざして遊んだものだ。今の子供たちは知っているだろうか。

そのむかし蜜柑食べればあぶり出し

一月五日（月）

【季語＝大根】

大根のことを「おおね」と言うと、何やらゆかしいものに思えてくる。

抱かれて大根は重さ増しにけり

【季語＝手袋】

一月六日（火）

皮手袋を脱いだときにいつも思う。

手袋は手をうばはれし形して

一月七日（水）

郵便の整理が苦手。あとでもう一度見てから、などと思っているうちに食卓にまで山積みとなる。

【季語＝人日】

人日やはや郵便の溜まりだし

【季語＝松明】

一月八日（木）

松が明けて、正月気分は既に薄れているものの、日常生活に戻りきれていない。

松明や蓋ものの蓋見つからず

【季語＝コート】

一月九日（金）

ダウンコートが冬の定番になって久しい。最初は黒、茶、紺、赤くらいだったのに、近頃は柄ものまである。昨年ウズベキスタンで出会った日本語ガイドの青年は、東京を初めて訪れて買ったというユニクロのウルトラスリムを着ていた。

すれ違ふダウンコートの色いろいろ

一月十日（土）

【季語＝寒卵】

子供のころ、家で鶏を飼っていたことがある。産みたての卵はあたたかく、手に載せると光が透けて見えるかのようだった。

寒卵おのづからなる仄明り

一月十二日（日）

【季語＝鏡割】

季節の行事にかかわることは、形ばかりであっても一応何でもすることにしている。真空パックのお供えを「割る」のはちょっと無理なのだけれども。

かく小さきお供へなれど鏡割

一月十二日（月）

【季語＝日向ぼこ】

Don't put off till tomorrow what you can do today. という英語のことわざを暗記したのは五十年前。いま愛誦しているのはトルコのことわざだという「明日できることを今日するなかれ」。

あれこれを一日延ばし日向ぼこ

一月十三日（火）

私の血筋は細々と姉の子二人につながるのみ。甥の長女はこの春中学生になるが、ピアノと空手を続けている。

【季語＝寒稽古】

男眉なるも頼もし寒稽古

一月十四日（水）

【季語＝鴨】

俳句では「鴨の池」などと一言で済ませることもあるが、東京あたりにも結構いろいろな種類の鴨が来ている。鮫小紋のような粋な柄のヨシガモはこのごろ見られなくて残念。

なかんづく金黒羽白愛すべし

一月十五日（木）

【季語＝初場所】

目下、逸ノ城を応援中。昨日は大関に勝ったものの、関脇で勝ち越すのはそう簡単ではない。立合をもっと厳しくしないと。

初場所や贔屓力士のやつと勝ち

一月十六日（金）　　【季語＝寒夜】

紅茶を淹れるのは面倒だがちょっとあたたまりたい、というときには気分に合うティーバッグを。キャラメルフレーバーのものなどよく飲む。

ティーバッグ泳がせてゐる寒夜かな

一月十七日（土）

【季語＝雪明り】

伊藤整文学賞が、昨年の第二十五回をもって終了となった。小樽市の財政難が理由らしいが、第一回からささやかながら「雪明り基金」に協力してきた者としては残念。

雪明りの路など思ふ眠れねば

一月十八日（日）

【季語＝冬萌】

今日はフラメンコの個人レッスンの日。一時間みっちり踊る。激しいサパテアードの根底にあるのは、地を踏み鳴らすジプシーの怒りだという。先日訪れたアンダルシアは、静かな眠りの季節を迎えていた。

冬萌や息づきほどの地の起伏

一月十九日（月）

【季語＝冬帽子】

「タンギージョ」というフラメンコの曲がある。つぎつぎに転調するところが好きだが、問題はコルドベス（帽子）を使うこと。粋に被ってみせる人がいて羨ましい。

どう被りても似合はざる冬帽子

一月二十日（火）

【季語＝大寒】

書庫から本が溢れ出して久しい。本来は書棚に収めるべき本を、床に直接置くのは著者に申し訳ないと思う。

大寒や畏れ多くも床に本

一月二十一日（水）

【季語＝待春】

あんこの甘さが子供のころから苦手だった。煉り羊羹は今でもダメ。太宰府名物の梅ヶ枝餅くらいなら何とか……。デパートの九州物産展で見つけると買ってくる。

待春や梅ヶ枝餅を焼き直し

一月二十二日（木）【季語＝寒日和】

上野の国立科学博物館の「ヒカリ展」を見た。公園の広場にしばし佇む。〈冬の噴水はげまし合つてゐる高さ〉は旧作。

噴水は光をまとひ寒日和

一月二十三日（金）

【季語＝冬うらら】

テニスの試合を観ていると、苦境からどう立ち直るかという、精神力の勝負のように思える。さっさと諦めてしまう人間は人と戦うことができない。

あきらめの早きが取り柄冬うらら

一月二十四日（土）

奥多摩の檜原村にある払沢《ほっさわ》の滝は、東京でも凍結することで知られる。今年はいまひとつらしく、現場カメラが流れ落ちる滝を映し出している。

【季語＝凍滝】

凍滝の氷結情報配信中

一月二十五日（日）　【季語＝梅】

昨日、今年の俳人協会各賞が決定。鶴岡加苗さんの『青鳥』も新人賞に選ばれた。句集名を贈った者として嬉しさ一入。

梅ほころびて佳き人によき知らせ

一月二十六日（月）

【季語＝春近し】

三ヶ月に一度、青山の山王病院へコレステロールのチェックに。無理に下げる必要はないとの説もあるが、あまり高いのは問題かと。

採血の上手なナース春近し

一月二十七日（火）

【季語＝寒薔薇】

「イスラム国」による湯川遥菜さん、後藤健二さんの人質事件は厳しい状況を迎えた。日本がテロの標的となる時代が来たのだ。

寒薔薇いのちに値段ありとせば

一月二十八日（水）　【季語＝冬木の芽】

午後、青山学院中等部へ。林謙二先生担当の選択授業で、俳句の特別授業をする。一年前まで出講していた女子短大のキャンパスを抜けて行くのが近道。

冬木の芽雨粒ほどにふくらんで

一月二十九日（木）

【季語＝日脚伸ぶ】

昨日は授業のあと表参道へ。有名になったショップに相変わらず長い行列ができている。たかがポップコーンを買うために……と思うが、いいい匂いがしてくる。

ポップコーン買ふにも列や日脚伸ぶ

一月三十日（金）

【季語＝樹氷】

カフェの隣の席から、蔵王へ樹氷を見に行くという話が聞こえてきた。〈みちのくの星入り氷柱われに呉れよ〉と詠んだのは師の鷹羽狩行。

樹氷その一枝なりと欲しきもの

一月三十一日（土）

【季語＝寒灯】

NHKEテレの「100分de名著」で、岡倉天心の『茶の本』を大久保喬樹氏が解説。パリ留学中の連載エッセイ以来大久保さんのファンである私は、「NHK俳句」を担当していたときゲストにお招きした。

あるはずの本見つからず寒灯

二月

二月一日（日）

新年に始め損ねたこともまだ間に合いそう。

あらためて期することある二月かな

【季語＝二月】

二月二日（月）

【季語＝冬銀河】

「イスラム国」に拘束されていた後藤健二さんが殺害されてしまった。国や宗教を超えて多くの人々が生還を祈っていたにもかかわらず……。

叶はざる祈りとなりぬ冬銀河

二月三日（火）

【季語＝福豆】

市販の炒り豆ではあるけれど。撒いて食べて、余ったものはスーツケースや鞄に入れて旅の御守りにする。

福豆の小粒なれども香ばしき

二月四日（水）

【季語＝春立つ】

水曜日はフラメンコのグループ・レッスンが二時間。句会で前半のプログラムに出られない日もあるが、今日は最初から参加。

振り仰ぐ空の青さや春立ちぬ

二月五日（木）

【季語＝春寒】

一円の単位まで合わせないと気が済まないなんてくだらんと夫に言われつつ、毎日家計簿をつけている。二、三日後に使途が判明してすっきりすることも。

春寒や家計簿に使途不明金

二月六日（金）　【季語＝冴返る】

金曜日は、仕事が入っていなければスポーツクラブへ。と言っても「バレトンソール・シンセンス」四十五分のプログラムに参加するだけ。裸足でバランス感覚を養い体幹を鍛えているはずだが、家の中ではあちこちに脚をぶつける。

冴返る痣の絶えざる向かう脛

二月七日（土）

薄氷は好きな季語のひとつ。言葉そのものが美しく、ひらがなで書くと本当にはかなげだ。

【季語＝薄氷】

うすらひと書けばたちまち消えさうな

二月八日（日）

【季語＝木の芽雨】

自宅から駅までの歩道にはトネリコが植えられている。「ニーベルングの指環」に出てくる西洋トネリコほどの大木にはならないらしいが。

新しき傘をさしゆく木の芽雨

二月九日（月）

【季語＝椿】

椿の蕾の花びらを、はずれないように一枚ずつ反らせて花の形にしてゆく。季節ごとの子供の遊びがあった昔。

椿赤し蕾咲かせてゆく遊び

二月十日（火）

【季語＝春の風邪】

午後、俳人協会の理事会。三鷹から俳句文学館のある大久保まで、総武線各駅停車で二十分ほど。

本を手にまどろむ車中春の風邪

【季語＝春コート】

二月十一日（水）

第二水曜日は女性だけの句会「さくら会」。中高一貫校のＰＴＡサークルで俳句を始め、子供さんの卒業後も続けている会員が現在五十人ほど。

春コートとりどり西から東から

二月十二日（木）

マンションの真上の御宅のM夫人。フルートもお上手だが、この十年ほどはチェロを習われている。

【季語＝春めく】

九階はチェロの練習春めきぬ

二月十三日（金）

自宅から歩いて五、六分のところに、フレンチやイタリアンの小さなレストランが結構ある。黒板に書かれたメニューが心を引く。

【季語＝柳の芽】

チョークの字をどるメニューや柳の芽

【季語＝バレンタインデー】

二月十四日（土）

十四世紀のイングランドの詩人ジェフリー・チョーサーが鳥たちの恋の季節と書いて以来、バレンタインデーと恋が結びついたとか。

悪声の鳥来てバレンタインデー

二月十五日（日）

【季語＝芽吹】

「狩」の本部句会。青山通りを吹き抜ける風はまだ冷たい。骨董通りにできたパンケーキの店に寄ってから句会へ。

芽吹待つ並木の銀杏プラタナス

二月十六日（月）

【季語＝囀】

超結社の女性グループ「榆の会」を始めて十五年になる。毎回十人前後が集まるが、今日は池上梅園へ吟行。

囀に加はる一羽また一羽

二月十七日（火）　【季語＝春驟雨】

書道再開。先日お会いした石飛博光先生が、「月に一回だけお稽古している人たちの会があるから出ていらっしゃい」と声をかけてくださった。

筆持てば心しづまり春驟雨

二月十八日（水）

【季語＝春障子】

〈閉めきりしあかるさに春障子かな〉は旧作。雨の日はむしろ白さが際立ち美しい。

朝より雨のけはひの春障子

二月十九日（木）

【季語＝春疾風】

中高一貫校ＰＴＡ現役メンバーの句会「駒句会」。新旧入れ替りつつ、もうすぐ十五年になる。

歳月の飛びゆくごとし春疾風

二月二十日（金）

【季語＝如月】

俳人協会の事務局から、理事宛のファクシミリが入るとドキッとする。

如月や訃報はＦＡＸにて届き

二月二十一日（土）

【季語＝沈丁花】

俳句文学館での「ふらんす堂句会」。大久保駅からの道は、通るたびに季節の変化が感じられる。

沈丁の花を増やしてをりにけり

二月二十二日（日）　【季語＝風生忌】

〈街の雨鶯餅がもう出たか〉という富安風生の句を口ずさむ。雨の多いころでもある。

和菓子屋の前を通りぬ風生忌

二月二十三日（月）

【季語＝目高】

帝国ホテルで読売文学賞の贈賞式。〈水槽の水の裏にも春が来てめだかの動き素早くなりぬ〉〈人生の日溜りのやうなベランダに出て鮒の世話、海老の世話する〉高野公彦氏の受賞歌集『流木』の二首。

高野家の目高は如何に鮒、海老は

二月二十四日（火）

【季語＝春灯】

昨夜は読売文学賞を受賞された高野公彦氏を囲んで、二次会も居酒屋の閉店時間まで盛り上がった。

雨上がりコリドー街の春灯

【季語＝巣箱】

二月二十五日（水）

十年以上前に短大で教えた学生たちと久々に会った。美しい大人の女性になっていたが、創作の授業をきっかけに短歌や俳句を続けてくれているのが嬉しい。

新しき巣箱託されたる木々よ

二月二十六日（木）　【季語＝雛飾る】

豆雛コレクションの中から幾つかを選んで並べてみる。午後は「狩」の支部句会「瑞の会」へ。毎回、四十人ほど集まる。

雛飾る遠きある日に似て一日

二月二十七日（金）

【季語＝春の星】

その昔、羊飼たちが夜空を仰いでいろいろな星座を考えたというが、主なもの以外なかなか見つけられない。星座盤を眺めるのは好きなのだけれど。

どれをどう結べば星座春の星

二月二十八日（土）

雨の日が多かった二月も今日で終わり。近代の俳人が使いだした「二月尽」なる季語は確かに実感がある。一日がかりで確定申告の書類作り。

【季語＝二月尽】

七曜の雨がちに過ぎ二月尽

三月

三月一日（日）

舗装されていない道路に、浅蜊の殻が撒かれていたものだ。車が通るたびにつぶされてだんだん細かくなってゆく。故郷の海に近い集落の風景。

【季語＝三月】

三月やぬかるみに撒く貝の殻

三月二日（月）

【季語＝暖か】

明治四十二年生まれの祖母は、娘時代に巌谷小波の妾宅で小間使いをしていたとか。よく、旦那様の墨を磨らされたという。黒田清輝邸に行儀見習いに上がっていた大伯母は、歳を取っても「黒田様」の話をしていた。

あたたかや祖母に手熨斗の技ありき

三月三日（火）　【季語＝立子忌】

午後から俳人協会の総会が開かれる。そのあと俳人協会賞、新人賞、評論賞の授賞式。天気がもてばよいのだが。

曇りのち雨の予報や立子の忌

三月四日（水）　　【季語＝雛】

昨日の俳人協会の授賞式。新人賞の鶴岡加苗さんには愛娘の紗帆ちゃん、評論賞の榎本好宏さんにはお孫さんの玲美ちゃんの、ともに幼稚園の年長さんが大きな花束を渡した。

をさな子の並びて坐せば雛めき

三月五日（木）

【季語＝鳥雲に入る】

雑誌や句集などの整理は思いのほか時間がかかる。目を通して選別をと思っているうちに身辺に溢れてしまう。

付箋して残す雑誌や鳥雲に

三月六日（金）　【季語＝地虫出づ】

差出人を確かめなくても、字で誰だか分かる人がいる。癖字にもいろいろあって、性格判断ができる。

紛れなき宛名の癖字地虫出づ

三月七日（土）

【季語＝菜種梅雨】

木更津市の小さな美術館で「野見山暁治展」が開かれている。今日は何と、野見山氏のギャラリー・トークがあるというので、地元に住む姉を誘った。

菜種梅雨ふるさと行きのバスに乗り

三月八日（日）

【季語＝海苔粗朶】

昨日はアクアライン経由の高速バスで木更津へ行った。袖ヶ浦寄りの海では今も海苔の養殖をしている。昔は天日干しの海苔簀が襖さながらに並び春を感じさせたものだが。

海苔粗朶にいささか荒き午後の波

三月九日（月）

起きてしまうのがもったいないような朝。夢をよく見るほうだと思う。

【季語＝春眠し】

春眠し夢に尾のあり香りあり

三月十日（火）　【季語＝鶯笛】

父は旅先でよく陶製の水笛を買ってきてくれた。私が喜んだこともあるが、父自身好きだったのだと思う。今日は、二十三年前に亡くなった父の誕生日。「乳の実の」という枕詞がある。

ちちの実の父の土産の鶯笛

三月十一日（水）

【季語＝草青む】

もう四年、まだ四年。受け止め方はそれぞれであろう三月十一日。その日の記憶が鮮やかによみがえってくる。

歳月に遅速ありけり草青む

三月十二日（木）

【季語＝芽起し】

一昨日の多摩川吟行で、二子玉川近辺の堤を歩いた。時々雨も降ったが、それはそれで楽しむのが吟行。安住敦の〈雨の日は雨の雲雀のあがるなり〉という句が好きだ。

芽起しの雨しろがねの深轍

三月十三日（金）【季語＝春の土手】

野に出ると、もういろいろな花が咲いている。イヌフグリ、コハコベなどのちりばめたような花。ホトケノザやカラスノエンドウの花も目を引く。吟行が殊のほか楽しい季節。

とりどりの花の小さし春の土手

三月十四日（土）　【季語＝春の空】

ＮＨＫ学園の集中スクーリングで「俳句の心得～テーマをもって詠む」という話をする。いつもは都内へ向かう上りの中央線に乗るが、今日は逆方向の国立まで。

下り線ホームに仰ぐ春の空

三月十五日（日）

【季語＝風光る】

今月から「狩」の本部句会はお茶の水の損保会館に会場が変わる。今日の参加者は百十四名。

聖橋御茶の水橋風光る

三月十六日（月）

【季語＝草餅】

季節のものとして、草餅を一度くらいは食べようかと思う。お彼岸が近づけば、ぼた餅も小さなものなら……。

粒あんがよし草餅もぼた餅も

三月十七日（火）

【季語＝雪崩】

五月三十、三十一日に、長野県白馬村で「狩くらべ」を行う。全国から「狩」の誌友が集まって俳句を競うが、今日はＪＴＢの担当者と打合せ。

今日もまた白馬に雪崩注意報

三月十八日（水）　【季語＝剪定】

昨年、コナジラミが付いて葉の色が悪くなってしまった木の枝を切りつめ、葉もだいぶ取り除いた。卵を産みにくる蝶のために育てているので、薬剤は使えない。

剪定の柑橘類の二三本

三月十九日（木）

【季語＝卒業期】

午後から「駒句会」。校門前で大型の袋を手渡され、開けてみたら予備校の案内書だったりという季節。

渡さるる予備校案内卒業期

三月二十日（金）　【季語＝花種蒔く】

句集刊行を希望されている方が目下お二人。数十年分の作品をまとめるというので読み応えがある。私の選句が遅れているので急がないと。

花種蒔くことも予定のひとつにて

三月二十一日（土）

【季語＝渦潮】

長年気になっていた鳴門の大塚国際美術館を昨年訪れた。帰りは高速バスで神戸まで出ることにして、本州四国連絡橋を初めて渡った。渦潮の見ごろは彼岸大潮の前後。

バスはいま渦潮の上行くらしき

三月二十二日（日）

【季語＝春場所】

早くも千秋楽。やっと勝ち越しの逸ノ城は、照ノ富士にだいぶ差をつけられてしまった。素質に遜色はないと思うし、今後に期待したい。

春場所や波乱いささかありてこそ

三月二十三日（月）

【季語＝ふらここ】

高野公彦さんの『流木』に〈ブランコの横木の平面《たひら》はつかなる地の揺れのち月光の載る〉がある。

ふらここや朝の光を載せて揺れ

三月二十四日（火）　【季語＝花】

昨日、東京で桜の開花宣言。といっても外堀の桜はまだまだ。昨夜は飯田橋のホテルで蛇笏賞の選考会があった。授賞作は大峯あきら氏の『短夜』に決定。

花にやや早き市ケ谷飯田橋

三月二十五日（水）

【季語＝日永】

今日から十日ほどフランスへ。パリまで十二時間半。さらに国内線でニースまで一時間半。乗り継ぎ時間を入れるとほぼ一日。読めずにいた小説などを持って乗り込む。

読んで寝て書いて眠りて日の永し

【季語＝ミモザ】

三月二十六日（木）

ふだんはペンネームで生活しているので、郵便もほとんどが片山由美子宛。パスポートを持っての旅行中は、別人になったような気分がしないでもない。

本名で過ごす旬日花ミモザ

三月二十七日（金）

【季語＝四旬節】

カトリックの国に来ると、改めて宗教が生活と密着していることを感じる。復活祭前の日々は特に、いろいろな行事に遭遇する。

幼な子に天使の羽や四旬節

三月二十八日（土）

【季語＝囀】

早朝のニースの街を歩く。ごみ収集は夜のうちに行われ、石畳が洗い清められている。並木の芽吹も近い。

囀や洗ひあげたる朝の街

三月二十九日（日）

【季語＝夏時間】

ヨーロッパの国々は一斉に夏時間に移行する。日本との時差は八時間から七時間へ。

腕時計進め今日から夏時間

三月三十日（月）　【季語＝春光】

ニースから少し離れたサン・ポール・ド・ヴァンスという村へ。近くのトゥレット・シュル・ルーも共に丘の上の美しい村。中世のままのような石造りの家々が坂の両側に並ぶ。

春光や丘の上なる小さき村

【季語＝春の雲】

三月三十一日（火）

南仏の山岳地帯ヴェルドン渓谷をドライブし、ムスティエという小さな村へ。なかなかの景観ながら、数日前にドイツの航空機が墜落したところからそう遠くない。

稜線を越えかねてゐる春の雲

四月

【季語＝春の昼】

四月一日（水）

エクス・アン・プロヴァンスにあるセザンヌのアトリエに寄った。生前のままという部屋には、セザンヌの衣服やイーゼル、脚立など、いろいろなものが置かれている。

アトリエは時をとどめて春の昼

四月二日（木）　【季語＝春の野】

街を結ぶ幹線道路の両側には、青々とした牧草地や畑が広がっている。葡萄畑も多いけれど、農作業に取り掛かるにはまだ早い時季らしい。

春の野に畑に人の影を見ず

四月三日（金）

【季語＝犬ふぐり】

エニシダ、踊り子草ほか、日本で見る花がたくさん咲いているが、犬ふぐりは色が濃い気がする。

地中海色といふべし犬ふぐり

四月四日（土）

アヴィニョンに来たらやはり、あの橋である。橋の上から眺めるローヌ川は美しい。

【季語＝春日傘】

アヴィニョンの橋に立ちたる春日傘

四月五日（日）

南フランスの街はクリスマスに次いで賑やかな時期とのこと。これから始まるイースター休暇で、旅に出掛ける家族も多いらしい。

【季語＝復活祭】

朝市に花の香あふれ復活祭

四月六日（月）　【季語＝桜】

着陸態勢に入り、成田空港を縁取る桜が見えてきた。こんなにたくさんの桜の木があったとは。十日ほど日本を離れているうちに、花はもう散る寸前となっていた。

満開の桜へ高度下げゆきぬ

四月七日（火）

【季語＝花の雨】

和田悟朗氏の死去に伴い、同人誌「風来」は三月を以て終刊とのこと。和田氏の手になる表紙の「風来」の文字が目に残っている。

終刊の知らせ一通花の雨

四月八日（水）

【季語＝入学】

小学校に上がるとき、父が使っていた大きな机は私のものということになった。姉は新しい机を買ってもらったからであるが。それ以来、思えば私の机はすぐに物置と化すのであった。

入学や父の机をもらひたる

四月九日（木）　【季語＝桜蘂降る】

校庭の桜の木の下にぶらんこ、鉄棒、遊動円木、というのが原風景として脳裡に刻まれている。

桜蘂降る逆上がりできぬ子に

【季語＝春の宵】

四月十日（金）

今をときめくイタリアのテノール歌手、ヴィットリオ・グリゴーロのリサイタル。五日前に聴いた友人の話では大変な盛り上がりだったらしい。最前列の席を確保してあると言ったら羨ましがられた。

酔ふといふことにいろいろ春の宵

四月十一日（土）

【季語＝春の闇】

昨夜のグリゴーロのリサイタルは美声を堪能した。お馴染みのトスティの歌曲さえ、彼が歌うとオペラのアリアのよう。最後の曲が終わった瞬間、すべてのライトが消えるという演出も。

天鵞絨の声びろーどの春の闇

【季語＝春の日】

四月十二日（日）

久々にフラメンコの個人レッスンを受けるため後楽園のスタジオへ。今日はドームで巨人×ヤクルトのデーゲームがある。

春の日の東京ドームふくらめる

四月十三日（月）

【季語＝啄木忌】

旅と漂泊の違いは、帰るべきところが決まっているかどうか。となれば、啄木は心の漂泊者と言うべきだろう。

旅いつか漂泊めきぬ啄木忌

四月十四日（火）　【季語＝芽吹】

今日は「楡の会」の吟行で北区と板橋区の境目にある浮間公園へ。昔は渡しがあったところらしいが、今は水あり花ありの公園として整備されている。どんな季語に出合えるだろうか。

遅ればせながらと銀杏芽吹きけり

四月十五日（水）

【季語＝花過ぎ】

昨夜はニコライ・ホジャイノフのピアノ・リサイタル。去年に続いて聴いたが、今回の目玉はラフマニノフのソナタ第一番。私の最も好きな曲のひとつ。ホロヴィッツは二番を得意にしていたが、一番は弾かなかった。

花過ぎの雨の一日をうべなへる

【季語＝春暑し】

四月十六日（木）

午後の句会のあと、月に一度の書道の会へ。電車をあれこれ乗り換えて移動となる一日。書道の課題は今日も「牛橛造像記」の予定である。

春暑し各駅停車やり過ごし

四月十七日（金）

【季語＝花水木】

雨の日が続き、昨日は久々の青空だった。今日はスポーツクラブで身体を伸ばさないと。

空仰ぐことと思ひ出し花水木

四月十八日（土）

【季語＝春の暮】

美しい箱が世の中には多すぎる。お菓子の箱など、食べてしまえば用はないのだが、捨てられない。

空箱は永遠にあきばこ春の暮

四月十九日（日）

【季語＝アネモネ】

父の二十三回忌のため故郷へ。六十八歳で亡くなった父。松やサツキなどの盆栽はじめ、植物をたくさん栽培していたが、アネモネの花が好きだと言っていたことがある。

アネモネや父に老後の日々の無し

四月二十日（月）

三ヶ月に一度のチェックのため青山の山王病院へ。ついでに外苑前のフットケアサロンに寄る。

【季語＝燕来る】

病院に新館ができ燕来る

四月二十一日（火）

【季語＝菫】

俳人協会全国俳句大会の予選のため、朝から俳句文学館へ。前回、土曜日に行ったときには、大久保駅からの線路下の道に濃紫の菫がたくさん咲いていているのを見つけた。

すみれ咲く細き歩道を縁取りて

四月二十二日（水）　【季語＝蒲公英の絮】

カーラジオを聞いていたら、タンポポの穂絮をドライフラワーにする方法があるという話になった。是非知りたかったが、目的地に着いてしまい、急いでいたので肝心なところが聞けなかった。残念！

たんぽぽの穂絮まつたきまま揺るる

四月二十三日（木）【季語＝春落葉】

午後、武蔵野公会堂で「瑞の会」。吉祥寺駅にも井の頭公園にも近く、我が家からは行きやすいところなので、月に二つ、この会場を使っている句会がある。

武蔵野の名残のいまも春落葉

四月二十四日（金）　【季語＝春陰】

大学の後輩から、恩師が米寿なのではというメール。実際は来年だが、門下生のコンサートを十数年前に開いて以来何もしていない。とにかく来年、お祝いの会を開こうという話に。

春陰やピアノの鍵のいづこにか

四月二十五日（土）　【季語＝茶畑】

「諷詠」創刊八百号記念祝賀会に出席のため神戸へ。新幹線が静岡にさしかかると、今日は富士山が見えるかどうか、車窓に目を遣るのが常だ。

茶畑のはや摘み頃の緑なる

四月二十六日（日）　【季語＝霞】

昨日の「諷詠」の祝賀会は、後藤比奈夫名誉主宰の白寿をお祝いする会でもあった。俳句を始めたばかりのころから比奈夫俳句を愛誦していた私は、お元気な先生に近々と接することができて嬉しい一日だった。

六甲山《ろっこう》は霞のうちに白寿また

四月二十七日（月）

【季語＝春愁】

年に一度の人間ドック。日帰り特別コースに脳ドックオプションをプラスしたので検査項目がとんでもなく多い。次から次へ回されて、目まぐるしい一日となる。

検査着の身になじまざる春愁

【季語＝鳥帰る】

四月二十八日（火）

四十五年前に卒業した高校の創立記念日に講演をすることになった。「言葉の力」と題して短歌や俳句の話をするつもりだが、創作に関心をもってくれる生徒が、千人のうち一人でもいるだろうか。

母校とはすなはち母港鳥帰る

四月二十九日（水）

【季語＝昭和の日】

三歳違いの姉がいる。名前を聞けばだいたい年齢が想像できようというもの。昨今はびっくりする名前ばかりで、歳をとったらどうするんだろうと余計な心配をしたりする。

姉妹の名恵子由美子や昭和の日

四月三十日（木）　【季語＝荷風忌】

「洋行」も「舶来」も、船が主流だった時代を思わせる懐かしい響きがする。舶来品に価値があるともいえなくなった昨今。

洋行も舶来も死語荷風の忌

五月

五月一日（金）　【季語＝桐の花】

マンションの前に大きな桐の木がある。四、五日前、花が落ちているのを見つけて咲き始めたことを知った。例年より早い。住んでいる八階のベランダから見下ろすと、もう満開だ。

もう咲いてもう落ちてゐる桐の花

【季語＝立浪草】

五月二日（土）

二十年以上前、清瀬へ吟行したとき庭いっぱいに立浪草の咲いている御宅があり、分けてもらったものがどんどん殖えた。夏の季語になっているが、四月のうちに咲き、散ってしまった。

いつせいに立浪草の波くだけ

五月三日（日）

【季語＝夏近し】

久々に終日在宅。溜まっていることをあれこれ片付けなければならないのだが、一日は瞬く間に過ぎる。三月末が締切だった俳句事典の原稿は手付かずのまま。

夏近しなすべきことの今日いくつ

五月四日（月）

【季語＝つばくらめ】

午後、吉祥寺で打合せ。ほとんど毎日出掛ける街だが、休日はすれ違うのも大変なくらいに人が多い。中央線の住みたい街ベストワンをいつも国立と競っているが、気取らない街だ。

若者のふえゆく街やつばくらめ

五月五日（火）

都会の空を泳ぐ五月鯉がめっきり減った。車窓の遠く近くに鯉幟が見えたのは、既に記憶の中の光景だ。

【季語＝鯉幟】

午後はやも疲れを見せて鯉のぼり

五月六日（水）

【季語＝夏に入る】

毎朝、季節の柑橘類を搾って飲む。今は美生柑が美味しい。フレッシュジュースを飲むと、心身ともにしゃっきりする。

オレンジを搾るに力夏に入る

五月七日（木）

【季語＝若葉】

二年前に入院した病院へ三、四ヶ月に一度行くことになっている。予約制なのだが、一時間以上待つことを覚悟し、待合室で出来そうな仕事や本を持って行く。

窓若葉主治医の声のよくとほり

【季語＝五月】

五月八日（金）

日産のティーダに乗っているが、既に三度目の車検。販売担当がそろそろ買い替えたらどうかと時々見積りを持ってくるのだが、全くその気はないと言うと、簡単に引き下がる。

風五月セールスマンの弱気にて

五月九日（土）

【季語＝初夏】

日本でも戦後、サマータイムを実施したという話を母から聞いたことがある。この季節、少し早く起きると気持ちがよい。一日のスタートを、一時間早めようと思う。

初夏の朝の空気を胸ふかく

五月十日（日）　　　　　　　　　　　　　　【季語＝母の日】

数え年なら今年が米寿の母。あまり年齢を強調しないほうが、というのが姉の意見。来年、満八十八歳になるのを機に、長年続けてきた短歌を一冊にまとめるよう勧めてみようか。

母の日の米寿の母に何もせず

【季語＝牡丹・薔薇】

五月十一日（月）

句集刊行をお手伝いすることになった書家のAさんと、ふらんす堂を訪ねる。書家は今でも、「女流」という呼び方がふさわしいように思う。

たとふれば牡丹それとも紅薔薇

【季語＝えごの花】

五月十二日（火）

自宅前のえごの木の下に星型の花が落ちていた。見上げると、緑の葉と白い花が空を覆うように広がっている。近くの玉川上水沿いにはたくさんのえごの木がある。

えごの花咲いて武蔵野らしき空

五月十三日（水）　　　　　　　　　　　　【季語＝夏嵐】

昨日は俳人協会の春季講座で、井上泰至氏の「子規　俳句革新の戦略性」を聴いた。子規の壮大な志とエネルギーに圧倒される。〈夏嵐机上の白紙飛び尽す〉は明治二十九年の子規作。

夏嵐会ひてもみたき子規、羯南

五月十四日（木）

【季語＝風薫る】

井の頭線の駒場東大前駅で降り、午後の句会へ。大学だけでなく、近くに高校がいくつもあるので、帰りの時間帯は学生でいっぱいになる。

学生のあふるるホーム風薫る

【季語＝定家葛の花】

五月十五日（金）

三鷹駅から、自宅の横を通って武蔵野市民文化会館へ到る「かたらいの道」は、歩道のフェンスに定家葛を絡ませている。二、三日前から花が咲きだし、甘い香りがただよってくる。

定家葛咲けど見返る人もなし

【季語＝若葉雨】

五月十六日（土）

月に一度の「ふらんす堂句会」。このところ雨の予報が出ていても、実際は降らない日が多かったのだけれど……。

新しき傘を差しゆく若葉雨

五月十七日（日）

【季語＝五月場所】

郊外にある相撲部屋の力士は、けっこう電車で両国まで通っている。今日はもう中日。そろそろ明暗が分かれる。

乗り合はす場所入力士五月場所

【季語＝日傘】

五月十八日（月）

「榆の会」の吟行で、代々木上原にあるイスラム教のモスク「東京ジャーミイ」へ。夜はコロラトゥーラ・ソプラノのエカテリーナ・レキーナのリサイタル。

知らぬ街行くや日傘を握りしめ

五月十九日（火）

【季語＝十薬】

午後、予約を入れている歯科、眼科を回ってから書道の会へ。湿度によって墨と紙のなじみ方は変わる。滲まないよう少し墨を濃くしてしまうと、注意を受ける。

十薬や墨の滲みをなだめつつ

五月二十日（水）　【季語＝五月】

ある俳人が亡くなったと、同人誌仲間が知らせてきた。まだ三十代。俳句を通じてたくさん友達がいたはずなのに、みずから命を断ったらしい。優しい人だったと誰もが言う。

人悼むこころ五月の空仰ぎ

【季語＝薄暑】

五月二十一日（木）

フラメンコの個人レッスンを受けに後楽園近くの壱岐坂下まで。先日「フラダンスをやってるんですってね」と言われたが、フラメンコです！

白山通り壱岐坂通り街薄暑

五月二十二日（金）　【季語＝緑蔭】

昨日は帰りに、十日を残すだけとなった「グエルチーノ展」を観に上野の国立西洋美術館へ。今日は午後一番で句会。そのあとＪＴＢの担当者と「狩くらべ」の打合せ。夜はコンサート。

「考える人」のためなる緑蔭ぞ

五月二十三日（土）

【季語＝青葉】

昨夜はホアキン・アチューカロのピアノ・リサイタルだった。ショパンもよかったが、グラナドスやアルベニスなど、スペインものはさすが本場の味わい。

さざなみは風にもありて青葉の夜

五月二十四日（日）

【季語＝夏めく】

数年前から年に一度伺うのが恒例になっている某結社の藤沢の句会へ。新宿から乗車する湘南新宿ラインは、今や宇都宮線、高崎線と小田原を結んでいる。

日曜の湘南電車夏めきぬ

五月二十五日（月）

【季語＝青嵐】

昨日訪れた藤沢は、歴史ある街である。義経の首洗井戸や野口米次郎の菩提寺などを案内してもらった。

青嵐吹き抜けて旧東海道

五月二十六日（火）

【季語＝桜の実】

預けてある夏物が返ってくる日なので、冬物をまとめて保管に出し、クローゼットの入れ替え。あっと言う間に半袖の季節である。

透きとほりつつ色深め桜の実

五月二十七日（水）

【季語＝伽羅蕗】

八十七歳の母は几帳面を絵に描いたような人で、伽羅蕗は定規で計ったかのごとく長さを揃えないと気が済まない。一人で暮らしているが、隣に住む姉から調子がよくなさそうと連絡があった。

伽羅蕗やまぬかれがたく老いて母

【季語＝蜜豆】

五月二十八日（木）

女が七、八人集まって相談ごとというのは、結論はまず出ない。蜜豆は求肥や果物など余分なものはなくてもよいが、黒蜜に限る。浅草梅園の豆かんはたっぷりの豆が美味しい。

みつ豆を余さず話の端にゐる

五月二十九日（金）　【季語＝多佳子忌】

今日は多佳子忌だが晶子忌でもある。橋本多佳子と与謝野晶子は奇しくも同じ日に亡くなった。その才能ゆえに山口誓子の全幅の信頼を得た多佳子は、男性俳人の嫉妬の対象にもなった。男の嫉妬は女より陰湿。

妬まるるほどの才なし多佳子の忌

【季語＝植田】

五月三十日（土）

「狩」の恒例の勉強会、「狩くらべ」で長野県の白馬村へ。雪を残す白馬三山が目の前に迫る絶景。このあたりはまだ田植えが終わったばかりのところが多い。

アルプスの嶺を映して植田かな

五月三十一日（日）　【季語＝雪渓】

十数年ぶりに訪れた白馬。ゴンドラとリフトを乗り継ぎ、千五百メートルほどの高さまで登った。八方尾根が目の前に迫り、スイス・アルプスに劣らぬ光景に感動。

雪渓の穢れなき尾を踏みにけり

六月

六月一日（月）

【季語＝青嶺】

「狩くらべ」で主宰選に入った一句。山々の緑が鮮やかだったが、その上に三千メートル近くの嶺々が聳える光景は雄大の一言に尽きる。

白馬三山その裾に青嶺置き

六月二日（火）　【季語＝梅の実】

金、土と二時間半しか寝ていなかったので、昨日の午前中はさすがにぐったり。催促が来ていた六日の講演のレジュメを何とか送り、夜はアントニオ・メネセスのチェロ・リサイタルへ。

身の遠くなりたる思ひ梅は実に

六月三日（水）　【季語＝造り滝】

昨日は「ケア・フレンズ東京」の例会で「季節を生きる」という話をした。紹介者は内閣広報官をしている中学・高校時代の友人。元編集者で俳句仲間のYさんが現れたのにはびっくり。会員である知人に誘われたとのこと。

惜しみなくホテルの庭の造り滝

【季語＝巣立】

六月四日（木）

スポーツクラブの駐車場で鳥の声がするので見上げたら、燕が巣を出たり入ったりしている。中が見える高さではないが、子育てはまだまだ続いているらしい。

その声の巣立ちにはまだ遠からむ

六月五日（金）

地下鉄の後楽園駅を降りたら、雀が飛び交っていた。近ごろとんと姿を見なかったが、賑やかな街の中で生きているらしい。子育てはもう終わったのだろうか。

【季語＝六月】

六月や人を怖れぬ街雀

六月六日（土）　　　　　　　　　　　　　　　　**【季語＝芒種】**

江東区の清澄庭園で行われる東京都俳句連盟俳句大会で、講演と応募句の講評。

半日の雨をうべなふ芒種かな

六月七日（日）

【季語＝若竹】

近ごろは昼間出掛けると疲れてしまい、夜、原稿を書く気力がなくなる。今日は終日家にいられるので、五日締切だった原稿二本と明日締切の短文を書き上げないと。

若竹やたちまち過ぎる締切日

【季語＝夏の夜】

六月八日（月）

山王病院で検査。そのあと銀座で明日から開催される日本詩文書作家協会書展のオープニングセレモニーへ。夜の銀座はヨーロッパの主要都市に劣らない美しさだと思う。

夏の夜の銀座を行くは旅めきて

六月九日（火）　【季語＝夏灯】

昨日の詩文書作家協会書展のテーマは、今年も俳句。何人かの書家が私の句を書いてくださっていた。書作品になると、自分の句が別の顔を見せるような気がする。

TIFFANY《ティファニー》&CO.の閉店時間夏灯

【季語＝時の日】

六月十日（水）

「七月六日はサラダ記念日」と詠んだのは俵万智さん。私にとって「六月十日は手術記念日」。二年前、虫垂破裂で腹膜炎を起こし半月入院。手術が遅れ、今思えばかなり危なかったかも。

時の日や二年といふを長しとも

六月十一日（木）

【季語＝浮巣】

昨日の「さくら会」は井の頭公園吟行。イタリアン・レストラン「プリミ・バチ」で昼食会のあと句会場へ。参加四十名。今の時季は池の浮巣を見るのが楽しみ。

二三羽の遊びてはまた浮巣へと

六月十二日（金）　【季語＝梅雨入】

関東の梅雨入は例年より三日早かった。暦では昨日が雑節の入梅。数年前、日本気象協会が日本の二十四節気を制定しようと提案。俳人たちから想定外の攻撃を受け、尻つぼみの結末となった。

梅雨入と聞けば落ち着く心地して

六月十三日（土）

【季語＝梅雨鯰】

木幡の大人といえば辻田克巳氏。「天狼」「氷海」で鷹羽狩行と兄弟弟子だった方で、「狩」の草創期を支えたのち平成二年「幡」を創刊。今日はその二十五周年記念祝賀会が京都で開かれる。

梅雨鯰宇治に木幡といふところ

六月十四日（日）　【季語＝蛍】

足立区の炎天寺で開かれる俳句大会の選者を引き受けているため、朝、京都を発つ。下鴨神社では昨夜、「蛍火の茶会」が催されたという。宇治川では今日から鵜飼が始まる。

ほうたるや京に心を残しつつ

六月十五日（月）

【季語＝緑蔭】

久々に歌仙を巻く。制約があればあるほど面白いのは究極の遊びだからだろうか。いつも苦労するのは「人情自他」の判断。「自他半」というのもあるし、頭を連句モードに切り替えないと。

大学の緑蔭続きに大使館

六月十六日（火） 【季語＝梅雨】

終日在宅、集中作業日。俳句大会の選二つ、待ってもらっている某誌の同人評、「狩」の毎月の原稿、添削講座の句稿返送……どこまでやれるだろうか。

もの溜まりゆくばかりなる梅雨の家

六月十七日（水）

【季語＝新茶】

作家の髙橋治氏が十三日に亡くなった。四半世紀前にご縁を得て、茅ヶ崎の御宅や白山麓の山荘に何度か伺っている。お酒を召し上がらない分食べ物にはうるさかったたし、身辺のあれこれにこだわりを持たれていた。

一家言ありて新茶は京都なり

六月十八日（木）

【季語＝百合】

低血圧症なので、最高が九十台ということも珍しくない。この季節は特に、午前中始動するまでに時間がかかる。

血圧の上がらず百合の濃くにほふ

六月十九日（金）

【季語＝桜桃忌】

太宰治が玉川上水に入水したのは六月十三日で、遺体が発見されたのが十九日。誕生日でもあるこの日、三鷹の禅林寺では法要が行われる。鷗外と通路を挟んだところに墓をと、太宰自身が希望したという。

上水の乏しき水や桜桃忌

六月二十日（土）　【季語＝梅雨晴】

午後一時から「ふらんす堂句会」。夜は高円寺のタブラオ「カサ・デ・エスペランサ」でナルミソラさんのライブ。フラメンコの、激しさより優美さを表現できる踊り手。

梅雨晴や午前は午前午後は午後

六月二十一日（日）

お茶の水で「狩」の本部句会。昔は学生で溢れていた街だが、マンモス大学が移転し、マンションが増え、だいぶ雰囲気が変わった。

【季語＝梅雨】

大学の減りたる街や梅雨鴉

六月二十二日（月）

【季語＝夏至】

午前十時に山王病院の予約が入っている。午後は、以前インド旅行で知り合った写真家、山梨将典さんが友人と一緒に開催中の写真展を観に銀座へまわる。

夏至の日の高層ビルの影を縫ひ

六月二十三日（火）

【季語＝梔子の花】

睡眠時間は五時間半くらいが理想。六時間を超すと腰が痛くなるし、長ければよいというものでもない。四時間未満の日が三日以上続くのはいささかつらい。

梔子の花寝不足の身の重し

【季語＝香水】

六月二十四日（水）

あわてて家を出ると、何かない、ということがしばしば。腕時計、指輪、イヤリング、スマホ、ひとつでもないものがあると落ち着かない。オードトワレのひと吹きも忘れずに。

香水や何か忘れてゐはせぬか

六月二十五日（木）　【季語＝鮑】

第四木曜日は「瑞の会」。出席者は四十人ほど。夜は来客があるので食事の用意をしないと。メインが鮑なので、前菜は平目と帆立のカルパッチョにしようか。

到来の鮑ステーキにでもせむ

六月二十六日（金）

【季語＝明易し】

夕刻より蛇笏賞贈呈式。今回は大峯あきら氏の『短夜』に決定。私が選評を述べることになっている。大峯氏の思想の背景にあるのは独自の宇宙観。そこに生きる人間存在を詠う。慶祝一句。

俳句とはすなはち宇宙明易し

六月二十七日（土）

【季語＝清水】

品川プリンスホテルにて「澤」の創刊十五周年記念祝賀会。記念号の特集は〈選〉。鷹羽狩行の選について原稿の依頼を受けたので「選という指導」のタイトルで書かせていただいた。

たたずみて水の声聴く清水かな

六月二十八日（日）

すっきり目覚めれば一日頑張ろうという気になるのだけれど。今日は終日家で仕事。

【季語＝短夜】

短夜の夢に疲れて覚めにけり

六月二十九日（月）

【季語＝紫陽花】

「楡の会」の吟行で高幡不動へ。紫陽花の名所として知られるところである。出句は十句だが、素材をいろいろ集められるので私にとっては貴重な句会。

紫陽花や今日の朝日の頼もしき

六月三十日（火）

真昼間の時を盗みて青蜥蜴

どこからとなく現れてすっと消えてしまう蜥蜴は、時間のスリットをすり抜けているかのよう。

【季語＝青蜥蜴】

七月

七月一日（水）　【季語＝涼し】

フラメンコの通常のレッスン二時間の後、夕方六時から発表会のための音合わせ。ギタリストの関根彰良さんが吉祥寺まで来てくださる。

一日を踊りぬきたる涼しさに

七月二日（木）【季語＝青梅雨】

ドレスデン・フィルハーモニーの演奏会。ミヒャエル・ザンデルリンクがベートーヴェンの五番と七番を振る。去年ドレスデンを訪れたとき、エルベ川クルーズを予定していた日が雨となり断念。

青梅雨や増水しるきエルベ川

七月三日（金）

【季語＝七月】

午後、外苑前で用事を済ませ、夕刻からの高校の同期会へ。十名ほどの有志が時々集まるのだが、今回も女子は一名のみ。

七月の風吹くプラタナス並木

七月四日（土）

【季語＝半夏生】

半夏生は二日だったのだが、大阪の知人が言うには半夏生に蛸を食べるとのこと。関東では全く聞かない話だ。半夏生といった雑節が生活に生きていることに驚かされる。

週末も雨の予報や半夏生

七月五日（日）

【季語＝夏霞】

武蔵野の周辺には山らしい山がない。古歌に詠まれた多摩の横山や、彼方に丹沢山系や富士山が見えるはずではあるが、高層マンションが建ち、眺めは悪くなるばかり。

遥かなる多摩の横山夏霞

七月六日（月）

【季語＝月見草】

月見草の今年最初の花が咲いた。太宰治が「富士には月見草がよく似合ふ」と言ったのは実は待宵草で、本当の月見草は純白の花。翌朝には萎み、赤くなってしまう儚い花である。

片付けで終る一日月見草

七月七日（火）

【季語＝七夕】

午後、俳人協会理事会。夜は若きテノール、ファン・ホセ・デ・レオンのリサイタル。既にMETやミラノ・スカラ座、パリ・オペラ座にデビューしていて、フローレスの再来との評判。

七夕や会ひたき人の無くはなし

【季語＝玉葱】

七月八日（水）

新玉葱はサラダ用に透き通るくらい薄く切りたい。ある和食の店で、鱧に下ろした新玉葱のあんをたっぷり掛けたものが出たことがある。絶品だった。

新玉葱切る包丁を研ぎなほし

七月九日（木）

【季語＝鷗外忌】

行動の記録だけの十年日記、二冊目が今年で終わる。昔の人は克明な日記をつけているのに驚くが、鷗外は作品としての日記をいくつも残した。夕刻より書道の会。

ほそぼそと十年日記鷗外忌

七月十日（金）　【季語＝籠枕】

使われなくなった籠枕が押入に。捨てるのもためらわれてそのままになっている。いろいろな枕を買って試してはみるが、これぞというものになかなか巡りあえない。

誰のものでもなくなりて籠枕

七月十一日（土）

【季語＝夏帽子】

ウインブルドンテニス大会。女子は二十一歳のスペイン人選手ガルビネ・ムグルッサが決勝でセレナ・ウィリアムズに挑戦する。今年は晴天続きで、観客のサングラスと鍔広の帽子が目立つ。

センターコート観客席の夏帽子

七月十二日（日） 【季語＝片蔭】

昨日は「天為」の二十五周年記念祝賀会が帝国ホテルで開かれたので、その前に中学の同級生で版画家の森信雄さんの個展へ。長年、故郷千葉県の風景を彫り続けている。

片蔭をたどりて東銀座まで

七月十三日（月）

【季語＝三伏】

午後二時に山王病院の診察予約。その前に血液検査を受けておくには午後の部の受付をなるべく早く済ませなければならないので、結局十二時前に行くことになる。

三伏や効きさうもなき薬飲み

七月十四日（火）

【季語＝七月十四日】

「巴里祭」はルネ・クレールが監督した映画「Quatorze Juillet」の邦題。現地では「バスチーユの日」であって「祭」ではない。季語にまでなっているのがどうもしっくりしない。

太陽は健在七月十四日

【季語＝夏料理】

七月十五日（水）

三十年も前になるが、三國清三さんがシェフをしていた四谷のレストランで、前菜に出たパプリカのテリーヌの美味しさが忘れられない。あの味をめざして一品をアレンジ中。

彩りのひと色殊に夏料理

【季語＝梅雨湿り】

七月十六日（木）

台風接近の中、句会。悪天候で句会が中止になることはまずない。去年、箱根の「狩」同人総会の日は登山鉄道も路線バスも不通になったが、百二十四人全員が集まったのには驚いた。

持ち重りするものばかり梅雨湿り

七月十七日（金）

【季語＝茅舎忌】

茅舎忌であり、秋櫻子忌でもある今日が私の誕生日。更に石原裕次郎の忌日ともなり、紫陽花忌と名付けられたらしいが、紫陽花の時季とは思えない。嵐を呼んでいるのは裕次郎？

茅舎忌や荒れ模様なる昨日けふ

七月十八日（土）

昨日の夕方、京王線で郊外へ出掛けたところ、蟬が鳴いていた。今日は午後「ふらんす堂句会」。

初蟬や高尾山《たかを》に近きこのあたり

【季語＝初蟬】

七月十九日（日）

【季語＝メロン】

「狩」本部句会。出席者は優に百人を超えるので、事前投句になって久しい。時間切れで出してしまったが、推敲不足の句も。

追熟のメロン一句の定まらず

七月二十日（月）

【季語＝梅干】

漬け物名人の方がいて、毎年梅干を送ってくださる。直径三センチはある大粒で、柔らかく仕上がっているのが私好み。塩出ししてから蜂蜜にちょっと漬けたものを毎朝食べている。

新旧の梅干どんと届きけり

七月二十一日（火）

【季語＝梅雨明】

渋谷駅前の元祖スクランブル交差点が外国人観光客に人気だとか。今日は渋谷から銀座・和光で開催中の石飛博光先生の書展へ回る。銀座も中国人の買物客があふれている昨今。

梅雨明の渋谷駅前交差点

七月二十二日（水）

【季語＝心太】

名古屋場所の逸ノ城が不調。新大関照ノ富士との差は広がるばかり。気が弱いのも愛敬のうちと思っていたけれど、そうも言っていられなくなってきた。頑張って欲しい。

愛敬と言ってをられず心太

七月二十三日（木）　　　　【季語＝炎天】

〈炎天へ打つて出るべく茶漬飯〉と詠んだのは、今は亡き川崎展宏氏。吉祥寺の句会に、千葉、埼玉、神奈川など遠方から参加してくださる方たち。お互い、暑さが身にこたえる年齢に……。

炎天へ打つて出るほかなかりけり

七月二十四日（金）　【季語＝土用鰻】

鰻の蒲焼が食べられない。昔は穴子も食べなかったが、天ぷらや白焼きは美味しいと思うようになった。ということは苦手なのは蒲焼かも。皮や小骨が舌に触りそうでダメ。

丑の日や鰻ぎらひを通しをり

七月二十五日（土）

【季語＝不死男忌】

風呂掃除は夫の担当のはずだったが、自分はシャワーだけだからと言って、だんだん手抜きしている模様。秋元不死男の一句といえば〈終戦日妻子入れむと風呂洗ふ〉を挙げる人は多い。

不死男忌や夫の役目の風呂掃除

七月二十六日（日）

【季語＝西日】

暑い日にはピカソの絵が頭に浮かぶ。闘牛を愛したピカソは絵にもよく描いた。闘牛場は屋根がないので日差しがまとも。日の当たる席の方が安いと聞いて納得した。

闘牛場その奥深く西日差す

七月二十七日（月）

「楡の会」の吟行会。といっても、近年この季節は冷房付きの場所でということになり、今日は羽田国際空港へ。

【季語＝夏惜しむ】

国際線ロビーに夏を惜しみけり

七月二十八日（火）　【季語＝夏逝く】

昨日の羽田空港吟行で国際線ターミナルにあるスターリー・カフェへ。ここではちょっとしたプラネタリウムを楽しめる。夏の星空を仰いだ気分で句作。

逝く夏の赤を極めてアンタレス

七月二十九日（水）

【季語＝夏痩・夏風邪】

高校時代の友人である齊藤五十二さんは、文化人類学の故・大野忠男氏に心酔し北欧の遺跡発掘調査にも参加。上野学園創立八十五周年記念論文集に所収の先生の論文が欲しいと言うのでコピーしてきてあげることに。夜の集まり一件。

夏痩をせず夏風邪も引かぬまま

七月三十日（木）

【季語＝夕立】

連日の雷雨注意報。昨日は駅まで急ごうと思っているうちに本降りになってしまった。降りだしの雨粒が落ちてきた時の、懐かしいあの匂いは何なのだろう。

小気味よきまでの夕立となりにけり

七月三十一日（金）

【季語＝夜の秋】

トネリコの樹皮は生薬となり、材は家具や野球のバットに用いられるとか。「梣」と書き、日本原産というのが意外。

とねりこの並木のさやぐ夜の秋

八月

八月一日（土）

【季語＝暑】

去年も今ごろはこんなに暑かったのだろうか、と思ってしまう。まさに大暑。

耐へ難き暑にも耐へねばならぬなり

八月二日（日）　【季語＝扇】

昨日の午後は、新宿の老舗フラメンコ・レストラン「エル・フラメンコ」を借りきっての発表会に出演。今日はスポーツクラブのダンス・プログラム合同発表会。こちらは人数も多いので、気が楽。

仕舞ひたるはずの扇が見あたらず

八月三日（月）

溜めてしまった仕事を何とかしないと。おのずからなる優先順位にしたがって片付けていくことになるが。

【季語＝風鈴】

風鈴や明日に延ばせぬことばかり

八月四日（火）　【季語＝蟬時雨】

千葉県立美術館の東華書院展へ。齊藤五十二（華秀）さんが東華書院の会長を務めている。私はお父様の華城先生の時代の会員で、準五段までいただいたが中学校に入りやめてしまった。

蟬時雨じゅんじゅんじゅんと地に沁みとほり

八月五日（水）

【季語＝極暑】

酷暑、劫暑、どう言い換えても耐え難い暑さが続いていたが、昨日の夕方は若干楽になったような。一年中こんな暑さの国に生まれなくてよかった。今日は土用二の丑。

極暑にも終りのあれば終り待つ

八月六日（木）

「イソップ物語」の「蟻とキリギリス」は原作では「蟬とキリギリス」で、ギリシャからヨーロッパを北上する際に蟻に変わった。プロヴァンスでは蟬は再生のシンボル。

【季語＝蟬】

落蟬の蹴られて幹に戻りけり

八月七日（金）

【季語＝夏休】

八月は選句月間。難題は海外子女文芸作品コンクールの選。今年は二万三千句あまりで、蟬がうるさいという上海、蟬がいないというドイツやイギリスと、俳句を通じて世界の広さを実感。

たちまちに半ばとなりぬ夏休み

八月八日（土）

【季語＝今朝の秋】

朝食は生ジュースとシリアル、ドリンクヨーグルト。シリアルはGMTのシナモンアップルグラノーラが気に入っている。今日からボールをガラスから白磁に。

白磁には白磁の音や今朝の秋

八月九日（日）

【季語＝白桃】

岡山の白桃をいただいた。冷やす前にキッチンに置いておくと、甘い香りがいっぱいにただよう。

白桃の一顆なれどもよく匂ふ

八月十日（月）

【季語＝木槿】

八十七歳の母は一人暮らしだが、隣に姉が住んでいるので、私には滅多に電話をしてくることもない。もともと、淡泊といえば淡泊な親子関係ではある。

花木槿しばらく母の声聞かず

八月十二日（火）

【季語＝秋蟬】

なかなか予定通りに仕事が進まないが、句集の跋一本と、某誌の同人作品評を取り敢えず送る。どちらも締切を過ぎてしまっていたもの。

秋蟬や急かされてゐるあれやこれ

八月十二日（水）

午後、女性だけの句会。長い付き合いの人が多いので、誰の句か想像がつくことも……。意外な名乗りを聞くのもまた楽しい。

【季語＝秋扇】

気心も句ごころも知れ秋扇

八月十三日（木）　【季語＝八月】

ＪＴの今年のカレンダーは、山梨勝弘氏の風景写真に俳句が添えられている。八月は向日葵畑と私の〈一面に咲き向日葵は個々の花〉。山梨さんとは偶然インド旅行でご一緒したことがある。

八月のカレンダーにある我が一句

八月十四日（金）　【季語＝茄子の馬】

昭和二十四年生れの姉の誕生日。家にお産婆さんが来て出産していた時代。一族がお墓参りに出掛けている間に生まれたとか。今は母の家で盆棚を設えるのも姉の役目。

誰が生れ変りなりしか茄子の馬

八月十五日（土）

【季語＝終戦日】

今のマンションに越してきて間もなく十七年。多分、このままずっと住み続けることになるだろう。もう一度転居する気力はない。

畳なき終の棲家や終戦日

八月十六日（日）

【季語＝送り盆】

私の実家では明け団子を供え、おにぎりを蓮の葉で包んだものを仏様に持たせる。夫の家系は京都。真宗なので魂棚などは作らないらしい。両親は自分たちのために墓地と仏壇を用意して亡くなった。

送り盆ほとけのための飯を炊き

八月十七日（月）

月曜日の朝は期待と不安が相半ば。変動著しい昨今は殊に……。

株価見て日経平均見て秋暑

【季語＝秋暑】

八月十八日（火）　　【季語＝梨】

姉から梨が届いた。田舎に梨栽培をしている地域があるので毎年送ってくれるが、今年もそんな季節になったことに驚く。

中郷の名も懐かしく梨の箱

八月十九日（水）

昼間はまだ残暑が厳しいというのに、夕方になると蟬と入れ替わるように青松虫が鳴きだす。去年も今ごろから虫の声を聞いた。

【季語＝虫の声】

はや虫の声を聞く夜となりにけり

八月二十日（木）　【季語＝無花果】

昔はだいたい家に木が何本か植えられていて、無花果は買うものではなかった。今はスーパーで一つ三百円もするものがあって、確かに美味しい。サラダによく使うが、帆立のテリーヌとよく合う。

テリーヌに無花果などを添へてみむ

八月二十一日（金）

【季語＝台風】

テレビの気象情報の画面に、丸い目を持った台風が二つ。来週は日本に近づきそうな気配。出掛ける予定が気になる季節。

台風が並んで進む太平洋

八月二十二日（土）

【季語＝水蜜桃】

信州から届いた桃は夕焼のような鮮やかさ。秋果という使いにくい季語があるが、さまざまな果物が熟す嬉しい季節。

紅ふかき川中島の水蜜桃

八月二十三日（日）

【季語＝処暑】

処暑は二十四節気のよき言葉。気分を切り替えることに。終日在宅の日は、締切の迫っている仕事をひとつでも片付けなければと思う。

けふ処暑といへる言葉に安らげる

【季語＝狗尾草】

八月二十四日（月）

俳人協会へ。前回通ったとき、途中の道に空地ができていた。夕刻からの担当委員会の会議の前に図書室で調べものいくつか。

ゑのころや更地にすればばかりに

八月二十五日（火）　　　　　　　　　　　　　　　　**【季語＝秋】**

「楡の会」の吟行会。今日は上野の東京藝大美術館で開催中の「うらめしや〜、冥途のみやげ」展へ。幽霊の絵を見て作句のはずだが、どんな句が登場することか……。

高々と秋の噴水しぶき上げ

八月二十六日（水）　【季語＝秋めく】

昨日は午後から急に気温が下がり、すっかり秋の気分だった。「〜めく」を「兆す」と勘違いしている人は少なくない。誤りやすい季語というものがある。

秋めくといふことかくもにはかなる

【季語＝藤の実】

八月二十七日（木）

各種の俳句大会の選が多い季節。一日に一つ、千句前後の選句でかろうじて間に合わせているが、二万三千句余りの海外子女文芸作品コンクールの選はほとんどはかどっていない。

寝不足の四日続きや藤は実に

八月二十八日（金）

【季語＝盆の月】

今日明日、「ＷＡＷ！２０１５」に参加。女性が輝く社会に向けた国際シンポジウムということで、世界各国からさまざまな分野の女性リーダーが来日する。今年は話を聞くだけなので気楽。

仰ぐことかなはざれども盆の月

八月二十九日（土）　【季語＝秋】

「ＷＡＷ！２０１５」には、リベリアのサーリーフ大統領はじめアフリカからの参加者も多い。例年より早い秋の到来で、昨夜のレセプション会場のホテルは日本庭園の虫の声がしきり。

ニッポンの秋楽しめといふがごと

八月三十日（日）　【季語＝芋虫】

八階の我が家のベランダまで飛んでくる蝶のために柑橘類を育てている。先日蛹になったナミアゲハは例年ならまだ羽化する時期だが、急に気温が下がったので冬越ししてしまうかも。

いもむしの蛹のままとなりゆくか

八月三十一日（月）　【季語＝休暇果つ】

宿題が終わらないうちに夏休み最後の日を迎えてしまうという悪夢は、過去のものとはならない。ほとんど予定を消化できていないのに、今年も何と明日から九月。

休暇果つ少し早起きなどせむと

九月

九月一日（火）　【季語＝厄日】

折り畳み傘を手放せない日が続いている。例年なら風の害が案じられるころだが、今年は日照不足の方が心配だ。稲は実りの季節を迎えようとしている。

降り癖のつきたるままに厄日かな

九月二日（水）

【季語＝秋ついり】

テニスの全米オープンは錦織圭がまさかの初戦敗退。夜中の試合をテレビ観戦しなくて済むので、翌日の仕事に差し支えなくてよいといえばそうなのだけれども。

ままならぬことの多さよ秋ついり

九月三日（木）

【季語＝蜩】

今年は蜩が少ない。七月からずっと鳴いている年もあるのに。蟬の発生には周期があるようだ。アメリカには十三年蟬や十七年蟬などの素数蟬がいて、同時発生を避けるのだという。

蜩の錆声ばかりとなりにけり

九月四日（金）

【季語＝葛の花】

昨日今日、外出は取りやめにして、切羽詰ってきた選句に専念。

葛の花きりぎし覗くまでもなく

九月五日（土）

【季語＝秋澄む】

新幹線のグリーン車は通常静かな上に空間を確保できるので仕事がはかどる。願わくは隣に人が座らないように。午後、岐阜の友人たちと吟行句会のあと、市内泊。

秋澄むや新幹線といふ書斎

九月六日（日）

【季語＝稲の香】

金華山の頂に築かれた岐阜城は、日本で一番高いところにある城という。確かに天主閣からの眺めは素晴らしい。古くは稲葉山城と称したが、信長がこの地と城の名を岐阜と改めた。

稲の香や蛇行ゆたかに長良川

九月七日（月）

【季語＝秋雨】

昨日は大垣市で「おおがき芭蕉交流句会」。吟行日和だった前日とは一転して朝から強い雨。希望者が定員を超え抽選となったが、熱心な方たちと「奥の細道むすびの地記念館」で句会をした。

列島に秋雨前線かく伸びて

九月八日（火）

【季語＝白露】

有楽町のマリオンが人気の待合せ場所だったのも昔のことか。朝日ホールで俳人協会の全国俳句大会。ちょうど白露なので、今日の当日句に登場しそうな季語。

マリオンは人待つところにて白露

九月九日（水）

台風接近に伴い、今日も一日雨。午後の句会は吉祥寺なので私は助かるが、遠くから参加してくださる方たちには申し訳ない。

【季語＝蜻蛉】

蜻蛉らのいづくにて雨しのぐらむ

九月十日（木）　【季語＝秋の虹】

昨日の夕方、強い雨の合間を縫ってくっきり虹が掛かった。二重虹でたちまち消えてしまったが、少し場所を変えてさらに大きく再び現れたのは、珍しいことだった。出先で目撃。

三階の窓を余さず秋の虹

九月十一日（金）

【季語＝二百二十日】

久々に天気予報にお日様マークが並び、しばらく晴れの日が続きそうだ。気分を変えて仕事に励むことに。幾つか並行して進めないと、永久に後回しのものが出てきてしまう。

雨雲の払はれ二百二十日かな

九月十二日（土）

竜巻のあとは豪雨による鬼怒川の堤防決壊と、関東地方ではこのところ災害による大きな被害が出ている。

【季語＝九月】

大荒れの九月となつてしまひけり

九月十三日（日）

【季語＝秋風】

季節の変わり目は訃報が続く。予定を変えてでもお悔みに伺わなければ、という方もいる。

秋風や欠く能はざる義理のあり

九月十四日（月）

【季語＝酔芙蓉】

去年、風の盆が終わって落ち着いたころの越中八尾に、おわら踊りの名手Aさんを訪ねた。彼女を紹介してくださったのは『風の盆恋歌』の作者、髙橋治さん。今年は髙橋治亡き風の盆となった。

けふの花昨日の花や酔芙蓉

九月十五日（火）　【季語＝残る蚊】

通常マンションの八階まで蚊は飛んでこないが、時としてエレベーターで上がってくるものがいる。地下駐車場が危ない。エレベーターを待っている間に何匹も寄ってくる。

残る蚊の乗り込んで来るエレベーター

九月十六日（水）

【季語＝秋出水】

なまなましい傷跡というのは陳腐な表現だが、鬼怒川の堤防決壊の凄まじさは、そうとしか言いようがない。

傷跡のなまなましくも秋出水

九月十七日（木）

【季語＝鬼城忌】

八月から持ち越していた仕事のうち、最大のものは何とか間に合わせたが、今月も月末が心配。今日は、定期的に行くことになっている地元の病院へ。用心に薬をもらっておく。

鬼城忌や雨音たしかなる夜明

九月十八日（金）

【季語＝九月場所】

晴れたと思ってもすぐに雨となるこのごろ。秋場所は横綱白鵬の思わぬ休場のあと大関が頼りにならず、毎日状況が変わる。照ノ富士は優勝できるのかどうか……。

三日とはもたぬ天気や九月場所

九月十九日（土）　【季語＝獺祭忌】

今日明日、磐田市の「いわた俳句大会」に出席。〈健啖のせつなき子規の忌なりけり〉の作者岸本尚毅さん、宇多喜代子さんほか六人が選者で、深夜の御大祭を見学する。

さほどでもなき句褒められ獺祭忌

九月二十日（日）　【季語＝虫時雨】

昨夜は、磐田市の見付天神で裸祭を見学。クライマックスは、堂内いっぱいの男たちが揉み合う勇壮な鬼おどり。真夜中の神輿出御の際には、街の全ての明かりが消された。

遠き世の闇に戻りぬ虫時雨

九月二十一日（月）

【季語＝見付天神裸祭】

見付天神裸祭の男たちは晒の腹巻、褌に新藁で作った腰蓑を巻くが、激しく練り合った後もこれが意外に乱れない。最後に腰蓑を納めて祭が終わる。天候に恵まれた二日間だった。

腰蓑を納めて裸祭果つ

九月二十二日（火）

【季語＝秋晴】

近年シルバーウィークと言うらしいが、あまり好きになれない言葉だ。第三土曜日の「ふらんす堂句会」を今日に変更してもらったので、午後から大久保の俳句文学館へ。

秋晴や連休に縁なき暮し

九月二十三日（水）

【季語＝露けし】

書家の加藤煌雪先生が八月十九日に六十六歳で急逝された。石飛博光先生の高弟で、いろいろお世話になった。午後、上野の寛永寺輪王殿でお別れの会が催される。

師弟にも逆縁ありて露けしや

【季語＝秋気】

九月二十四日（木）

月に一度の「楡の会」の吟行会。連休明けで公的施設は休みのところが多く、場所が二転三転したが明治神宮に落ち着いた。今年はデング熱の心配もなさそう。

神苑の木々の高さや秋気満つ

九月二十五日（金）　【季語＝彼岸花】

今年は彼岸花が彼岸前に咲いてしまったというところが多い。例年なら、猛暑だろうと冷夏だろうと、関係なくお彼岸に咲く花なのだが。午後は「瑞の会」の句会。

はやばやと花を終りぬ彼岸花

【季語＝秀野忌】

九月二十六日（土）

午後、浜離宮朝日ホールでアンリ・バルダのピアノ・リサイタル。得意とするブラームス以外にショパンやラヴェルも。帰りはザ・ペニンシュラ東京で食事をすることに。

よき声の鳥が来てをり秀野の忌

九月二十七日（日）

【季語＝今日の月】

二十歳の天才ピアニスト反田恭平君が、新日本フィルハーモニーをバックにチャイコフスキーのコンチェルトを弾く。初めて聴く生演奏が楽しみ。関東地方の今宵の降水確率は四十パーセント。

ひと目なりとも見《まみ》えたき今日の月

九月二十八日（月）　【季語＝十六夜】

一昨日、九州の伊藤通明氏が亡くなられた。昔、太宰府、柳川、壱岐、湯布院、英彦山などあちこち案内していただいた。病気などおよそ似合わない方だったのに、七十九歳の死は早すぎる。

十六夜や訃報うべなひ難くして

九月二十九日（火）

【季語＝爽涼】

体力強化日。フラメンコの個人レッスンを受けてから整体へ。筋膜を伸ばし凝りをほぐしてもらうと、しばらく体が軽くなる。今週は追い込み作業もあるので。

爽涼やコーヒー豆を挽く音も

九月三十日（水）

【季語＝九月尽】

九月尽は本来は秋の終りの意だが、新暦の感慨をこめて使われている季語のひとつ。今年も残り三ヶ月。来年の観月句会の選者やら、秋から冬の仕事も既にあれこれ。

来年の約束なども九月尽

十月

十月一日（木）

【季語＝赤い羽根】

十月一日は都民の日。公立の美術館や動植物園は無料で入れるところが多いが、行っている時間がない。学校は最近、授業日数不足のため都民の日といえど休校にしないところもあるようだ。

都民の日といふ一日や赤い羽根

十月二日（金）

【季語＝蛇穴に入る】

メトロポリタン歌劇場の「イル・トロヴァトーレ」を観に行っている行方克巳さんから電話。お目当てはソプラノのアンナ・ネトレプコ。MLB中継を観ているとNYはもう寒そう。

蛇穴に入る紐育より電話

十月三日（土）

午後二時からヴェネツィア室内合奏団の演奏会。チェロのダヴィデ・アマーディオの超絶技巧にいつも興奮する。夜は「風の道」創刊三十周年記念祝賀会へ。

ゴンドラの揺れて客待つ秋の潮

【季語＝秋の潮】

十月四日（日）

【季語＝素十忌】

高野素十のことを書く機会があり、作品をまとめて読んだ。四Sと称された四人は、やはり然るべき作品を残している。来週末は山口誓子について講演するので、今日は準備に集中。

柔にして剛といふこと素十の忌

十月五日（月）　【季語＝一葉】

自宅前の大きな桐の木の下は、昨日の風で一葉どころではない状態。仕事が予定通りには進んでいないが、青山の予約してある病院の定期チェックに行かないと。

一葉落ち朝《あした》の空の青さかな

十月六日（火）

伊良湖岬でサシバの渡りが見られるのは十月初旬。今日は俳人協会の理事会。会長の鷹羽狩行先生は昨日八十五歳になられた。

【季語＝鷹渡る】

鷹渡りくる頃ならむ昨日けふ

十月七日（水）

【季語＝鉦叩】

日本人のノーベル賞受賞が続いている。宇宙はどうしてできたのか、宇宙に果てはあるのか、何もないというのはどういうことか、考えても気の遠くなるばかり。

鉦たたき宇宙に果てのありとせば

【季語＝秋果】

十月八日（木）

土曜日の講演の資料とパワーポイントのデータを送ってまずは安堵。甥の子供からLINEゲームの招待。十歳の男の子だが、それにもちょっと付き合ったり、忙しいのである。

店先の秋果の色のまた増えて

十月九日（金）

【季語＝霧】

明日の神戸大学での講演にそなえ、午後神戸へ。一人でホテルに泊るのは結構好きだ。去年は誕生日にラ・スイート神戸ハーバーランドに泊まったが、今回は六甲山ホテル。

これやこの六甲山の霧いかに

十月十日（土）　【季語＝小鳥来る】

神戸大学では毎年秋に山口誓子学術振興基金公開講演会を開いていて、今年は私が話をさせていただくことになった。演題は「誓子のリズム感覚と俳句の韻律」ということに。

キャンパスを行くも坂なり小鳥来る

十月十一日（日）

【季語＝秋光】

人工島の六甲アイランドには住宅、オフィスビル、ホテル、学校ほかさまざまな施設があり、緑も豊か。アイランド北口の小磯良平の美術館へ寄ることに。秋光は秋景色の意である。

秋光や街は海へと拡がりて

十月十二日（月）　【季語＝稲の秋】

東海道新幹線の車窓には田園風景が広がっている。稲刈を待つ黄金色の田が続くと思えば、青みを残すところも。「田の色」を季語とするのは、私は無理だと思っている。

田の色に遅速あれども稲の秋

十月十三日（火）

【季語＝冷やか】

朝のコーヒーが美味しく感じられる季節。ベートーヴェンは一杯分の豆を百粒と決めていたというので、数えて挽いてみたが結構少ない。

冷やかやバッハに「コーヒーカンタータ」

十月十四日（水）　【季語＝柿】

昨日は甥の誕生日だった。一緒に庭に金魚のお墓を作ったり、柿の種を植えたりしたのがついこの間のような気がするが、既に中一の娘と小四の息子をもつ父親である。

柿剝くや家庭といふをそれぞれに

十月十五日（木）

【季語＝豊の秋】

ピオーネだけでなく、マスカット系の種のない葡萄が現れた。柿の季節だが、平核無柿は渋抜きをしたもので甘くて果肉が柔らか。これからいろいろな種類を楽しめるのが嬉しい。

種のなきものの増えゆく豊の秋

十月十六日（金）

【季語＝鵙】

昨日は「楡の会」の吟行で目黒の自然教育園へ。整備された公園や庭園と違い、自然のままの林や沼があって吟行にはもってこいの場所。東京の真ん中であることを忘れる。

日和とて一日かぎり鵙の秋

十月十七日（土）

【季語＝秋深し】

締切に追われ睡眠不足の一週間となった。何とか切り抜けたものの、三時間睡眠で吟行に出掛けるのはちょっとつらい。今日は「ふらんす堂句会」。どんな句と出合えるかが楽しみ。

雨だれに眠りさそはれ秋深し

十月十八日（日）　【季語＝木の実降る】

自宅前の十年ほど前まで梅林だったところに、いまやタワーマンションが二棟建っている。景色がすっかり変わったけれど、樹木はだいぶ残された。今日は「狩」の本部句会。出席百四名。

駅までの四分の道木の実降る

十月十九日（月）

【季語＝昼の虫】

目を通してから然るべき場所へと思うと、リビングに新聞、雑誌、句集がたちまち山積みとなる。新聞だけは何日か経ったらともかく処分することに。今日は少し片付けを。

新聞を溜むるなかれと昼の虫

十月二十日（火）

【季語＝かぼす】

市販のドレッシングは油分が多い。ノンオイルをうたっているものはあまり美味しくない。今の季節は、かぼすと蜂蜜、ヴァージンオリーブオイル少々でサラダを食べる。

たっぷりとサラダにしぼるかぼすかな

十月二十一日（水）　【季語＝重陽】

千駄木の旧安田楠雄邸は大正八年に建てられた近代和風建築で、ナショナルトラストによって管理されている。旧暦で五節句を再現してくれるので、折々吟行に出掛ける。

重陽やピアノも家と共に古り

【季語＝夜寒】

十月二十二日（木）

午後、「駒句会」。二十人足らずなので、対話しながら和やかに。夜は渋谷で不思議なメンバーが集まるＢＳ句会。毎年秋にゲストでお招きいただいている。

新仮名に目のなじめざる夜寒かな

十月二十三日（金）

【季語＝新走】

伊藤一彦氏の歌集『土と人と星』をいただいた。集名通りさまざまなものが登場し、一言では言えない世界。伊藤氏の声は、おおらかさと人間味の豊かさを思わせる。

声大きことも福なり新走り

【季語＝末枯】

十月二十四日（土）

花茗荷の花を見たくて種を蒔いたところ、毎年大きな葉を茂らせ、勝手に増える。月見草が駆逐されないようにしないと。こちらは二年草だが、新たに種も蒔いておくことに。

末枯や実を採るまでもなきものも

十月二十五日（日）　【季語＝源義忌】

荻窪駅南口商店街恒例の音楽祭に、去年からマンションの階下に住むMさんが参加。今日は商店街の中の画廊でチェンバロのコンサートを開くので聴きに行く。旧角川邸や大田黒元雄旧居も遠くないところ。

源義忌近し荻窪仲通り

【季語＝冬近し】

十月二十六日（月）

昨日は十三夜だった。美しく見えたのは、強い北風で空気が澄み渡っていたことによる。立冬前だというのに木枯一号と発表された。今夜は浅草ビューホテルで「沖」創刊四十五周年記念祝賀会。

足早に近づく冬と思ひけり

十月二十七日（火）

【季語＝雑木紅葉】

俳人協会の秋季講座「自作を語る」に鷹羽狩行先生が登場される。拝聴後、担当委員会の会議。夜はデジレ・ランカトーレのソプラノ・リサイタル。武蔵野文化会館まで来てくれるのは有難い。

らしからぬ色なる雑木紅葉かな

【季語＝暮の秋】

十月二十八日（水）

先日の句会で、ドラフト会議は季語にはならないのかという質問があった。毎年時期が決まっているのにということだったが、日本シリーズ共々歳時記に載る日が来るかどうか……。

日本シリーズ季語ともならず暮の秋

十月二十九日（木）

【季語＝朝寒】

午後、「瑞の会」の句会。夜はオペラシティ・コンサートホールにてダニール・トリフォノフのリサイタル。彼の演奏は去年も聴いたが、今回はラフマニノフのピアノ・ソナタ第一番が楽しみ。

朝寒やあしたへ延ばすことひとつ

十月三十日（金）

【季語＝夜長】

我が家の三十年来の友人の命日。もう二年ともまだ二年とも思う。音楽をこよなく愛し、たくさんのエピソードを遺していった人のことが、何かにつけて話題になる。

亡き人のことを語りて夜の長し

【季語＝黄落期】

十月三十一日（土）

METライブビューイング「イル・トロヴァトーレ」の初日を観ることに。レオノーラ役のアンナ・ネトレプコは去年に続いてザルツブルク音楽祭でも同じ役を歌い大好評だったが、METの演出はさらに楽しみ。

土曜日の歩行者天国黄落期

十一月

十一月一日（日）

【季語＝秋惜む】

銀座の画廊で今日から始まる徳川義眞氏の個展へ。昨年ご一緒したチェコ、ドイツの旅で取材された作品も出品されている。

日曜の銀座を歩き秋惜しむ

十一月二日（月）

我が家の林檎サラダ。柔らか豆腐百四十gに練りごま、クリーミードレッシング、メープルシロップを合わせて銀杏切りの林檎一個分を和える。盛り付けて最後に刻んだアーモンドをトッピング。

【季語＝林檎】

みちのくの林檎の甘さ増す頃ぞ

十一月三日（火）

【季語＝秋時雨】

乙女も長靴も死語に近い。彼女たちが履いているのはレインブーツ。いわゆるレインシューズと違って膝下まである正に長靴なのだが。昨日歩いた青山通りもそんな若い女性たちが闊歩していた。

をとめらに流行る長靴秋しぐれ

十一月四日（水）　【季語＝火恋し】

保管依頼してあった冬物が返ってきたので、替りに夏物を一箱送る。クローゼットに下げておきながら一度も着ていないものも……。夜はそろそろ床暖房のスイッチを入れたくなる。

身のまはり少し片づけ火の恋し

324

十一月五日（木）

スマホの他に、ＳｕｉｃａやＥｄｙ、ワンセグ、辞書など多機能を備えたガラケーを手放せずにいる。待受画面はベルニーニの「アポロンとダフネ」、メール着信音はブラームスの「ピアノ五重奏曲」。

【季語＝うそ寒】

うそ寒や電話を二台使ひして

十一月六日（金）

【季語＝冬支度】

ロイヤルミルクティーが美味しいと思うようになったのは、ロンネフェルトのアイリッシュモルトを知ってから。ドイツの紅茶を扱う店は少ないので、正規取扱店に注文している。

紅茶取り寄せたるそれも冬支度

【季語＝柚子坊（芋虫）】

十二月七日（土）

柑橘類の種を蒔いて育てておくと揚羽蝶が卵を産みにくる。八階のベランダだというのに……。今年最後に孵った一匹は、四十日以上かけてようやく蛹になった。この状態で冬越しをする。

柚子坊のじつくり育つもののもゐて

十一月八日（日）

【季語＝冬に入る】

私の故郷は千葉県の木更津。昔は廻船が江戸との間を行き来していて、『与話情浮名横櫛』にも木更津が登場する次第。生まれたのは、実はそこから少し内陸に入ったところ。

山らしき山なき故郷冬に入る

十一月九日（月）

【季語＝十一月場所】

慌しい毎日だが、大相撲の場所が始まれば、それも気になる。初日はいきなり照ノ富士、逸ノ城戦。もう一息だったのに、今場所も逸ノ城は勝てず。あまり差をつけられないで欲しい。

十一月場所はじまつて忙しき

十一月十日（火）

【季語＝落葉】

午後、編集者との打合せのあと、眼科で視野検査の予約あり。仕事の打合せなどは、自宅マンションの一階に入っている「華」という喫茶室へ来てもらうことにしている。

落葉掃く箒の音のなつかしく

【季語＝山茶花】

十二月十一日（水）

明日は父の命日なので、母の許へ切り花を送る。八重のトルコ桔梗がいろいろ入荷している季節なので、濃淡をとりまぜ、それを中心にしてもらうことに。

山茶花の花の盛りでありしこと

十一月十二日（木）

【季語＝菊】

若いころは菊、その後は皐月、万年青、松、ウチョウランなど、植物の栽培が趣味だった父。たくさんの鉢植えの面倒をみられなくなった母は、父の知人にあげたり庭に下ろしたりした。

菊咲くや父の遺ししもののなほ

十一月十三日（金）

【季語＝冬めく】

京芋を作っている友人が今年も送ってくれた。雑誌で見つけたレシピ「里芋の豆乳煮」に使ってみたところ好評だった。里芋のように粘らずさらさらなのでポタージュ風になる。

あつあつのものを一品冬めきぬ

十一月十四日（土）

ついに暖房を入れることにした。夕方から始めた仕事がつい延び、食事が十時ごろになってしまうこともしばしば。そのままずれ込んでいくので、就寝はだいたい三時くらいになる。

【季語＝暖房】

暖房をつけて仕事をもう少し

十一月十五日（日）

【季語＝木の葉散る】

姿勢はよい方だと思う。歩く時に背中がゆるんでいないか、いつも注意しているつもり。駅ではエスカレーターに乗らず階段を歩いて上る。今日は「狩」の本部句会。

散る木の葉背筋のばして歩くべし

十一月十六日（月）　【季語＝暮早し】

午後、俳人協会の改革検討委員会。今日が締切の作品は、夜メールで送ればば間に合うということにして、ぎりぎりまでねばる。

週明の締切ふたつ暮早し

十一月十七日（火）

【季語＝二の酉】

この数年、十一月の吟行は酉の市。今年は巣鴨大鳥神社へ。夜はサントリーホールでフランクフルト放送交響楽団の演奏会。五嶋龍がチャイコフスキーのコンチェルトを弾く。

二の酉の小さき社に売る熊手

十一月十八日（水）　【季語＝冬麗】

シャルム・エル・シェイク発のロシア機の事故は爆破によるとロシア当局が認めた。以前、同地でグラスボートに乗りマンタほかいろいろな魚を見た。その時は、二日後にエールフランス機が事故で紅海に墜落した。

冬麗の海にナポレオンフィッシュ見き

十一月十九日（木）

【季語＝亥の子餅】

陰暦十月の亥の日は玄猪といい、炉開きの日でもある。今日は小石川後楽園で「駒句会」の吟行を行うので、帰りに四谷三丁目の大角玉屋に寄って亥の子餅を買うことに。

駆け出さむばかりに皿の亥の子餅

十一月二十日（金）

【季語＝水仙】

二十四節気の立冬三候は「金盞香《きんせんこうばし》」。水仙が咲くころというのだが、本当に咲いていているのを発見。今日は「化粧俳句」の応募作品選考会。青山の「浅田」にて。

水仙の一番星めく花すでに

【季語＝波郷忌】

十二月二十一日（土）

午後一時から「ふらんす堂句会」。席題一句を含めて三句出句、全句について講評や添削をする。文字一字の席題の方が持ち寄りの句よりよいことが多いのが不思議。

どこまでを弟子と言ふらむ波郷の忌

十一月二十二日（日）

【季語＝返り花】

鉢植のオキザリスに季節外れの花がついた。じつは鎌倉の吉屋信子邸にあったという株を分けてもらったのだが、二十年ほど一度も咲いたことがなかった。白い花であることがようやく判明。

オキザリスにも一輪の返り花

十一月二十三日（月）

甥の娘の誕生日。プレゼントに洋服が欲しいという。要するに姉の孫なのであるが、原宿が好きな中学一年生で、名前は小春。木更津から姉と出てくることになっている。

【季語＝一葉忌】

待ち合はす少女は佳き名一葉忌

【季語＝冬の月】

十一月二十四日（火）

アンナ・ネトレプコが来年三月に日本でリサイタルを開く。新しい夫との二重唱中心のプログラムで、とんでもなく高いが、ともかくチケットを入手。十一年前は一万円だったのに……。

絶命の前のアリアを冬の月

十一月二十五日（水）

【季語＝小六月】

自宅近くの飲食店が入っている小さなビルに、今度はイタリアン・レストランがオープンしたらしい。入口の、おすすめメニューが書かれた黒板を眺めて通る。

いつの間に出来たる店や小六月

十一月二十六日（木）

【季語＝コート】

午後、吉祥寺で「瑞の会」の句会。急に寒くなり、遠くから参加される方には申し訳ない。夜はジャン＝フィリップ・コラールのピアノ・リサイタル。オール・フォーレのプログラムである。

コート着ること今日からはためらはず

十一月二十七日（金）

【季語＝人参】

週に何度かは人参をサラダにする。極細の千切りにして、今の季節はカボスの果汁と蜂蜜で和えて冷やすだけ。ミックスレーズンをたっぷり加えて一度に一本食べてしまう。

厨明るし人参を洗ひあげ

冬晴や我が足音の戞戞と

【季語＝冬晴】

十一月二十八日（土）

石の廊下を歩く音で気持ちを引き締めて出掛ける。原則としてヒールの高さは六・五センチ。午後から、俳人協会で担当している委員会の重要な会議がある。

十一月二十九日（日）

【季語＝湯豆腐】

子供のころ、湯豆腐というと鱈と白葱が入っていて、私は鱈の生臭さが嫌いだった。葱だけでもよいし、何も入れなくても構わない。最近は湯豆腐用の美味しい豆腐があって嬉しい。

迷ひたる末結局は湯豆腐に

十一月三十日（月）　　　　【季語＝銀杏散る】

「木の葉散る」は冬の季語だが「黄落」や「銀杏散る」は秋。しかしながら、我が家の近くの銀杏はまだ完全に色づいていないものもある。「黄葉かつ散る」ということになりそう。

銀杏散るとは今頃のことであり

十二月

十二月一日（火）【季語＝十二月】

先週は締切ぎりぎりの仕事をいくつか間に合わせただけで、片付けるつもりだったことがほとんど手付かずのまま。今年も残り一ヶ月を切ってしまった。午後、俳人協会理事会。

七曜の流れ出したる十二月

十二月二日（水）

【季語＝日記帳買ふ】

毎日の行動の記録と季節に関わる事実だけを記す十年連用日記が三冊目になる。机の横の壁に吊るすのは旧暦カレンダー。月齢のイラスト付きで、二十四節気も一目でわかる。

日記帳買ひカレンダーも買ひにけり

十二月三日（木）

【季語＝マフ】

関森勝夫氏の令嬢温子さんから、ロシア人トランペッターのコンサートのご招待。サンクトペテルブルクに留学されていた温子さんはロシア歌曲が専門で、今夜も何曲か歌われる。

マフなるは暖かさうな響きなり

十二月四日（金）

【季語＝枯木】

ときどき行くカフェのクロックムッシュが気に入っている。パンが特別なのだが、最近薄切りのライ麦パンを見つけて試したところかなり近い出来。近所に別のカフェが開店準備中。

美容室あとに入るカフェ枯木立

十二月五日（土）

銀座で開催中の二つの書展へ。高校で同学年だった齊藤五十二さんが会長を務める東華書院役員展と、田中豪元氏の個展。

【季語＝冬ぬくし】

銀座には銀座の人出冬ぬくし

十二月六日（日）　【季語＝冬夕焼】

「鷹」の若き同人、蓜島啓介さんが友人の江里俊樹さんとのピアノデュオ・リサイタルを開く。蓜島さんは弁護士、江里さんは医師だが、二人ともピアニストとしても大変な実力。二人が卒業した開成高校がある西日暮里の「やなか音楽ホール」にて。

冬ゆやけ西日暮里に富士見坂

十二月七日（月）

【季語＝冬林檎】

高校の同級生で長野県飯田市在住のM君から、毎年この時期に完熟のフジが届く。飯田の林檎は本当に美味しい。私は御礼に奥さんが喜びそうなお菓子を贈ることにしている。

蜜入りにして大いなる冬林檎

十二月八日（火）

【季語＝年忘】

本名で参加している趣味の会では、面倒なので個人的なことはあまり喋らない。片山は旧姓のままのペンネーム。本姓は……。

年忘れ無口な人と言はれをり

十二月九日（水）　【季語＝漱石忌】

今のマンションに入居するとき、一部屋はスライド式の書棚をいっぱいに設え書庫にした。仕事部屋にも本箱があるが、どちらからもはみ出して床に積み上げられた中から必要な本を探すのは至難の業。

書棚にも指定席あり漱石忌

【季語＝手袋】

十二月十日（木）

チャイコフスキーの「エフゲニー・オネーギン」は美しいオペラだ。友達のレンスキーはオネーギンに無謀な決闘を申し込み命を落としてしまう。プーシキンの原作がやはりすごい。

白き手袋決闘のためならず

十二月十一日（金）　【季語＝社会鍋】

神保町へ出るついでに、国立近代美術館の藤田嗣治展へ。観たい展覧会は多いが、時間がなくて行きそびれる。テレビの美術番組三種類で、ほとんど内容は把握できるけれど。

足音の過ぎ行くばかり社会鍋

十二月十二日（土）

【季語＝小津安二郎忌】

小津安二郎の誕生日にして忌日。小津は美しい原節子を撮り続けたが成瀬巳喜男は違う。「めし」では原節子をとことんやつれさせた。我が家には原節子出演の映画のビデオはほとんどある。

原節子亡き安二郎の忌なりけり

十二月十三日（日）

【季語＝セーター】

土屋文明に〈みちのくの君が羊の編衣寒き朝々起きいでて著る〉という歌がある。じつはセーターのこと。歳時記にはジャケツなる季語もあるが、楽しい言い換えはないものか。

ほどくことなき世の羊の編衣

十二月十四日（月）

山王病院の予約診療の日。夜は、中学から高校まで一緒で、今や政府要人となってしまった友人と築地で食事をすることに。以前から引き合わせたいと言っていた人を呼んであるというので。

【季語＝冬鷗】

河岸近きこと確かなる冬鷗

十二月十五日（火）

【季語＝短日】

何とかしたいと思いつつ取捨の選別が追いつかない。日々の決断が不可欠なことは分かっているのだが。もう一度見て判断をと思っているうちに本の山、書類の山が次々にできてゆく。

短日や捨つべきものに囲まれて

十二月十六日（水）

【季語＝年の暮】

予定が入っていたが、風邪気味でもあるのでキャンセルして家に籠ることに。溜まってしまった仕事をどれだけ片付けられるか。年賀状もそろそろ準備しないと。

ここに来て訃報あひつぐ年の暮

十二月十七日（木）　【季語＝池普請】

吉祥寺で句会。会場近くの井の頭公園では、今年も池の清掃が行われている。前回は夥しい廃棄自転車が出てきて話題になった。この時季なのに、水鳥が見られないのは淋しい。

なかなかに進まざれども池普請

十二月十八日（金）

【季語＝冬の川】

「楡の会」の吟行で渋谷ふれあい植物センターへ。小学唱歌「春の小川」のモデルといわれる渋谷川の先である。暗渠だった川が、駅の大工事のお蔭で見られるようになった。

いま冬の小川ひそかに輝きて

十二月十九日（土）

【季語＝数へ日】

「ふらんす堂句会」。年間賞を発表して今年の締めくくりとなる。「数へ日」というとだいぶ押しつまった感じだが、年内の実際に使える日はあと何日もない。私にとってはもう数え日。

数へ日といふべき日々の既にして

十二月二十日（日）

【季語＝冬木の芽】

地方へ出掛ける仕事をはじめ、来年秋までの予定が入ってきている。今日は「狩」の本部句会。四日間句会が続いたが、今年はこれが最後。

先々の予定あれこれ冬木の芽

十二月二十一日（月）

【季語＝賀状書く】

いつの間にか付き合いが広がり、年賀状を八百枚用意する。昔お世話になった人、賀状の交換だけになってしまった人、旅先で会っただけの人、みな大事にしたいという思いがある。

もう一度会ひたき人へ賀状書く

十二月二十二日（火）　【季語＝一陽来復】

先週の「ふらんす堂句会」に、何と高校の恩師が！　新卒だった先生の記憶しかないので、玉手箱を開けたような気分。月日は瞬く間に過ぎる。

一陽来復たちまちに半世紀

十二月二十三日（水）

【季語＝室咲】

あるところで見かけた占いによると、来年は稀なる幸運に恵まれるとのこと。占いに特別関心があるわけでも、信心深いわけでもないが、何だか楽しみ。

室咲やよき占ひは信ずべし

十二月二十四日（木）

【季語＝クリスマス】

ひところ、私のクリスマス・イヴの定番は「マキシム・ド・パリ」の「ナポレオンパイ」だった。その後「苺のミルフィーユ」という名前に変わったけれど。今年の六月、マキシムは日本から撤退した。

ナポレオンパイの断層クリスマス

十二月二十五日（金）

年用意そのおほかたは旅支度

【季語＝年用意】

年末年始を海外で過ごすようになって二十年近い。飛行機代もホテル代も高騰するときにわざわざ行かなくてもと言われるが、私にとっては一年の疲れをとり英気を養う貴重な時間。

十二月二十六日（土）

【季語＝年の瀬】

この時期には中近東や北アフリカへ出掛けることが多かったが、さすがにそれは思いとどまり、ユカタン半島の遺跡巡りということに。まずは日付変更線を越え、長い一日が始まる。

年の瀬の時さかのぼる旅となり

十二月二十七日（日）　【季語＝臘月】

メキシコシティ着。十年前は米国から入り、チワワ鉄道でメキシコを横断する旅だったが、今回はまず首都へ。街に赤や黄が溢れ、特に郊外の低所得者層の住宅が密集する地域は色の洪水状態。これぞメキシコという熱気。

原色の街臘月の空青し

十二月二十八日（月）

【季語＝胼・皹】

炊事のときゴムの手袋をするのが苦手なので、ひどく手が荒れる。食洗機に入れないものだけといってもかなりあるし、料理の途中でも何かと水を使う。旅はそんな日常から解放される。

旅二日ひび皹《あかぎれ》のはや消えて

十二月二十九日（火）

【季語＝泉】

ユカタン半島には川がない。雨水は地下に染み込んで流れとなり、カリブ海へつながっている。地面が陥没してできたところはセノーテという美しい泉になっていて泳ぐこともできる。

地下深く碧玉をなす泉かな

十二月三十日（水）

【季語＝冬の虫】

紀元後の文明でありながら、どんな民族のものだったのか明確には分からない遺跡もメキシコのあちこちに。巨大な建造物には様々な神が祀られた痕跡だけが残っている。

神々の宴の跡や冬の虫

十二月三十一日（木）

【季語＝大年】

今年はじつはスペインのマラガで新年を迎えた。そして、かつてスペインによって滅ぼされたアステカをはじめ、さまざまなメキシコ文明の跡をたどる旅で一年が終わる。

大年の日の沈みゆくカリブ海

【あとがき】

平成二十七年の一年間の一日一句である。日ごろ、毎日俳句を作る習慣がないため、日記として発表することに不安はあったが、始めてみると案外楽しい毎日だった。最初は、推敲した作品を用意しておこうかと思ったのだが、すぐに考えを改め、その日その日の実感を詠みこんだ句を発表することにした。心がけたのは、季語の実感を大切にすること。したがって、できるだけその日に感じる季語を使うことにしたので、歳時記とはずれている場合もある。同じ項目の季語でも言い換え季語を使うなど、なるべく重複しないようにした。また、晴れた日に雨の句は避けたいと思い、天気予報を見てから夜中の入浴中にあくる日の句を考えたりしたので、しばしば長湯になった。

詞書が俳句の説明にならないように気を付けたが、両者を合わせてひとつの作品として読んでもらえたら嬉しい。俳句としての完成度にはあまりこだわらず、楽しんで作った三百六十五句である。

九月十四日に〈けふの花昨日の花や酔芙蓉〉という句がある。その名の通り、開いたときは純白の花がしだいに赤みを帯び、夕方しぼむころには桃色になる。しかし、すぐに落ちてしまうのではなく、色を深めて一日茎にとどまり、次の日に落ちていく。そうして毎日順番に咲く花。私の日常もこんな連続で、一昨日のことなど大方記憶から抜け落ちている。平凡な日々を象徴する花のように思われ、タイトルを「昨日の花　今日の花」とした。

振り返ると、音楽会によく出掛けている。私にとって音楽は生活の一部であり、体の半分は音楽が流れていると言ってもよい。気がつくと頭の中では音楽が鳴っている。そんな生活を再確認した一年でもあった。毎日読んでいますとおっしゃってくださる方がいて、大きな励みになった。一年間支えてくださった多くの方々に、改めて御礼を申し上げたい。

平成二十八年三月

片山由美子

著者略歴

片山由美子（かたやま・ゆみこ）

昭和27年7月17日、千葉県生まれ。同54年、鷹羽狩行の指導を受け作句を始める。翌年「狩」入会。平成2年、第5回俳句研究賞、同19年、『俳句を読むということ』（平18）で俳人協会評論賞、句集『香雨』（平24）で俳人協会賞を受賞。

句集に、『雨の歌』（昭59）、『水精』（平元）、『天弓』（平7）、『風待月』（平16）、『片山由美子句集』（平10）、『季語別片山由美子句集』（平14）。著書に、評論集『現代俳句との対話』（平5）、『定本　現代俳句女流百人』（平11）、対談集『俳句の生まれる場所』（平7）、エッセイ集『鳥のように風のように』（平10）、入門書『今日から俳句――はじめの一歩から上達まで』（平24）などがある。

「狩」副主宰。俳人協会理事。日本文藝家協会会員。

現住所　〒180-0006　武蔵野市中町2-1-15-808

昨日の花　今日の花　kinounohana kyounohana

片山由美子　Yumiko Katayama

二〇一六年五月二六日刊行　二〇一六年一二月二五日第二刷

発行人―山岡喜美子

発行所―ふらんす堂

〒182-0002 東京都調布市仙川町1-15-38-2F

tel 03-3326-9061　fax 03-3326-6919

url www.furansudo.com　email info@furansudo.com

装丁―和　兎

印刷―㈱トーヨー社

製本―㈱新広社

定価―二二〇〇円＋税

ISBN978-4-7814-0876-7 C0092 ¥2200E

2014　掌をかざす　te wo kazasu
小川軽舟　Ogawa Keisyu

2013　顔見世　kaomise
井上弘美　Inoue Hiromiu
